AMORE E GINNASTICA

Edmondo De Amicis nacque nel 1846 ad Oneglia (Imperia), figlio di un regio banchiere di sali e tabacchi e sua moglie Teresa, esponente dell'alta borghesia. Dopo il trasferimento della famiglia a Torino, De Amicis venne ammesso all'Accademia militare di Modena e divenne sottotenente. Nel 1866 partecipò alla battaglia di Custoza e decise di diventare giornalista militare, assumendo la direzione di un importante giornale ufficiale del Ministero della guerra, edito a quel tempo a Firenze. Abbandonato l'esercito, scrisse vari diari di viaggio, raccolti in volume: *Spagna* (1872), *Ricordi di Londra* (1873), *Olanda* (1874), *Marocco* (1876), *Costantinopoli* (1878-1879), *Ricordi di Parigi* (1879). Il 1886 fu l'anno in cui la celebre casa editrice Treves pubblicò *Cuore*, cavalcando il successo delle famose *Avventure di Pinocchio* di Collodi di tre anni prima; il libro ebbe da subito un successo notevole ed è considerato la più grande opera letteraria dell'autore. Al libro *Cuore* seguirono altri successi, come *Sull'oceano* (1889), *Il romanzo di un maestro* (1890) e *Amore e ginnastica* (1892). Le opere successive vennero influenzate dalla sua adesione formale al socialismo (1896) e dai tragici vissuti familiari, tra cui il doloroso suicidio del figlio Furio, che aveva insieme al fratello cadetto Ugo, alimentato da stesura del libro *Cuore*. Nel 1903, De Amicis fu eletto a socio dell'Accademia della Crusca e il ministro Vittorio Emanuele Orlando lo chiamò, insieme a Fogazzaro, ad animare il Consiglio Superiore dell'Istruzione. Morì nel 1908.

Silvia Licciardello Millepied lavora nell'editoria dal 2012 e ha pubblicato e curato centinaia di opere letterarie. Tra le sue ultime traduzioni troviamo i racconti di Katherine Mansfield *In una pensione tedesca*; diverse opere di Alexandre Dumas tra cui *I Borgia* e *I Cenci*; *Vita e avventure di Lazzarillo de Tormes* e molti altri. Maggiori informazioni su silvialicciardello.com.

EDMONDO DE AMICIS

Amore e ginnastica

A cura di S. LICCIARDELLO

Res stupenda in libris invenitur.

IL CAVALIERE DELLE ROSE

ISBN: 979-10-378-0138-8

www.immortalistore.com

Edizione di riferimento: E. De Amicis, *Fra scuola e casa. Bozzetti e racconti*, Milano, Fratelli Treves, 1908

Prima edizione nel «Cavaliere delle rose» marzo 2024

© 2024 Silvia Licciardello Millepied

INDICE

AMORE E GINNASTICA

Amore e ginnastica I

Appendice: Il professor Padalocchi 118

AMORE E GINNASTICA

Al canto di via dei Mercanti il segretario fece una profonda scappellata all'ingegner Ginoni, che gli rispose col suo solito: – Buon giorno, segretario amato! – poi infilò via San Francesco d'Assisi per rientrare in casa. Mancavano venti minuti alle nove: era quasi certo d'incontrar per le scale chi desiderava.

A dieci passi dal portone intoppò sul marciapiedi il baffuto maestro di ginnastica Fassi, che leggeva delle prove di stampa: questi si soffermò, e mostrandogli i fogli, disse che stava scorrendo le bozze d'un articolo sulla sbarra fissa della maestra Pedani, scritto per il *Nuovo Agone*, giornale di ginnastica, del quale egli era uno dei principali redattori.

– È giusto, – soggiunse, – quello che dice. Non ci ho da dare che qualche ritocco, qua e là. Ah! È veramente una maestra di ginnastica. Non dico per scrivere: ciascuno ha le sue facoltà. E poi, nella ginnastica, come scienza, il cervello d'una donna non sfonda, si sa. Ma come esecutrice, non ce n'è un'altra. Già, madre natura l'ha fabbricata per quello: le ha dato le proporzioni schelettoniche più perfette che io abbia mai viste, una cassa toracica che è una maraviglia. L'osservavo giusto ieri nella rotazione del busto, che faceva per esperimento. Ha la flessibilità d'una bambina di dieci anni. E mi vengano a dire i *signori estetici* che la ginnastica sforma il bel sesso! Quella maneggia i manubri come un uomo, e ha il più bel braccio di donna, se lo vedesse nudo, che si sia mai visto sotto il sole. La riverisco.

Così egli troncava bruscamente ogni discorso per imitare il celebre Baumann, il grande ginnasiarca, com'egli lo chiamava; che era il suo Dio. Il segretario rimase pensieroso.

Quel feroce maestro Fassi, senza saperlo, lo andava tormentando da un pezzo con tutti quei ragguagli descrittivi delle forze e delle bellezze della maestra, a cui egli già troppo pensava. Ora quelle due immagini del busto roteante e del braccio nudo gli crebbero l'agitazione con la quale s'avviava sempre verso la scala, quando sperava d'incontrarvi la sua vicina.

Salì i primi scalini a passi lenti e leggeri, con l'orecchio teso, e quando fu sul primo pianerottolo, udendo sopra uno stropiccio di piedi, si sentì salire il sangue alle guance. Erano la maestra Pedani e la maestra Zibelli che scendevano insieme, come di solito, per andare alla scuola. Egli riconobbe la voce di contralto della prima.

Quando si trovaron di fronte, a metà della seconda branca di scala, il segretario si fermò, levandosi il cappello, e invece di guardar la Pedani, vinto dalla timidezza, guardò, come faceva sempre, la sua compagna; la quale, anche questa volta, credette d'esser lei la cagione del suo turbamento, e lo incoraggiò con un sorriso amorevole. E tennero uno dei soliti dialoghetti stupidi di quelle occasioni.

– Così presto vanno alla scuola? – balbettò lui.

– Non è tanto presto, – rispose con voce dolce la maestra Zibelli; – sono a momenti le otto e tre quarti.

– Credevo... le otto e mezzo.

– I nostri orologi vanno meglio del suo.

– Può darsi. C'è una nebbia questa mattina!

– La nebbia precede il buon tempo.

– Qualche volta... Speriamo. E... al piacere di rivederle!

– A rivederla.

— A rivederla.

Arrivato a capo della scala, il segretario si voltò rapidamente e fece ancora in tempo a lanciare un'occhiata ladra alla bella spalla e al braccio poderoso della Pedani, nel momento che la Zibelli, senza che la sua amica se ne avvedesse, si voltava a lanciare a lui uno sguardo sorridente.

Allora egli prese una risoluzione. No, non poteva continuare in quella maniera; quella nuova sciocca figura, ch'egli aveva fatto in presenza di lei, gli dava l'ultima spinta. Non gli era possibile regger più oltre con quel tormento di desiderio in corpo, inasprito ogni giorno da quegl'incontri, nei quali non gli riusciva neppure di procurarsi il gusto di guardarla. Era deciso: avrebbe mandato la lettera che teneva da una settimana sul tavolino: voleva una sentenza di vita o di morte.

Arrivato al secondo piano, aprì l'uscio con un movimento risoluto, e andò difilato verso la camera di suo zio, il commendatore Celzani, padrone di casa, per rimettergli le pigioni dell'altra sua casa di Vanchiglia, e andar subito dopo a rilegger l'ultima volta la lettera che doveva decidere del suo destino. Ma a un passo dall'uscio, udendo due voci nella camera, s'arrestò, e messo l'occhio al buco della serratura, vide in compagnia del padrone un uomo bassotto e grasso, con un largo viso imberbe e rugoso di ragazzo invecchiato e enfiato ad un tratto, e una piccola parrucca nera messa per traverso, ch'egli conosceva da un pezzo. Era il direttore generale delle scuole municipali che, passando ogni mattina per via San Francesco per andare all'uffizio, saliva ogni tanto a salutare il commendatore, col quale aveva stretto amicizia intima, otto anni prima, quando quegli era assessore supplente dell'istruzione pubblica. Non di meno, essendo diventato diffidente di tutti, dopo che aveva il segreto di quella passione nel cuore, il segretario si mise a origliare all'uscìo, col sospetto che parlassero di lui. Si tranquillò un poco udendo che il direttore discorreva, secondo la sua consuetudine, delle grandi e delicate difficoltà della propria carica, per ciò che riguardava le maestre.

– Lei capisce, – diceva con voce asmatica e lenta, – vanno a dar lezioni in famiglie nobili, hanno conoscenze fra i deputati e i senatori, alcune sono anche in relazione con alti funzionari del Ministero. Bisogna andare adagio. Qualche volta son perfino appoggiate dalla casa di Sua Maestà. Si fa presto a sollevare un vespaio. È una carica, lei lo sa, che richiede un tatto, una delicatezza... che pochi hanno. Si tratta di mandare avanti una famiglia da duecento cinquanta a trecento fra signorine giovani e mature, maritate e vedove, provenienti da tutte le classi sociali, e con loro, un corpo di direttrici che... sarebbe più comodo aver da fare con le trenta principesse di casa Hohenzollern. S'immagini i pensieri che mi dànno fra amori, malattie, matrimoni, lune di miele, esami, puerperi, rivalità, contrasti con superiori e parenti... Creda che, alle volte, io darei del capo nel muro.

E andava avanti così, sulle generali. Il segretario, rassicurato del tutto, si trasse in disparte ad aspettare. Uscìto appena il direttore, entrò dallo zio, ch'era ancora seduto sulla poltrona, ravvolto nella veste da camera, coi suoi gravi e dolci occhi azzurri fissi alla vôlta, come assorto in contemplazioni celesti, e resogli conto del suo operato, gli mise sul tavolino i biglietti di banca. Quegli fece un cenno d'approvazione con la sua bella testa bianca, senza parlare, com'era suo uso, e volti di nuovo gli occhi per aria, si rimise a pensare. Allora il segretario se n'andò in punta di piedi, entrò nella sua camera, cavò da un cassetto chiuso una lettera di quattro facciate scritte con perfetta calligrafia, la rilesse con profonda attenzione, la rimise nella busta con gran riguardo, vi attaccò un francobollo con molta cura, uscì di casa senza farsi sentire, e arrivato al canto della strada, dopo esser rimasto un po' incerto con la mano alzata davanti alla buca delle lettere, vi lasciò cadere la sua. Poi tirò un lungo respiro. Il dado era tratto. Non c'era più che a rimettersi a Dio.

Il segretario Celzani passava di pochi anni la trentina; ma aveva la compostezza d'aspetto e di modi d'un uomo di cinquanta, una figura di notaio da commedia o di precettore di casa patrizia clericale. Rimasto orfano da ragazzo, era stato raccolto da uno zio materno, parroco di villaggio, che l'aveva tirato su in sagrestia e poi messo in seminario per farlo prete; ma, morto il parroco, lasciandogli un po' di peculio, l'aveva levato di seminario e preso in casa sua lo zio Celzani, vedovo senza figliuoli, per fargli fare da segretario e da fattore di campagna: ufficio in cui egli metteva una probità e uno zelo veramente esemplari. Andava in chiesa, frequentava dei preti, e di prete gli eran rimaste certe mosse e certi atteggiamenti, come quello di tener spesso una mano nell'altra serrate sul petto, l'avversione ai baffi e alla barba e l'abitudine di vestir tutto di scuro, ma non era bigotto, e si vantava senza mentire d'essere patriotta e liberale. Ciò non ostante, a cagione della sua apparenza, tutti gl'inquilini della casa lo chiamavano da anni, per celia, don Celzani. E pure trovando in lui un'ombra leggiera di ridicolo, lo stimavano e gli volevano bene, poiché era cortese e servizievole, timidamente rispettoso con tutti, e sempre eguale; non avendo, quando la sua pazienza era messa alla più dura prova, altra esclamazione più risentita di quella di: «Dio grande!» ch'egli metteva fuori alzando gli occhi al cielo e allargando le braccia, in atto d'invocazione. Ma v'era un lato della sua natura che nessuno conosceva. Sotto quell'aspetto composto di prete travestito si celava un temperamento fisico vivacissimo, una forte sensualità contenuta, non per ipocrisia, ma in parte per timidezza, in parte per sentimento di decoro, e dissimulata per lo più da un'aria di profonda meditazione. A veder per la strada quell'uomo vestito di nero, un po' curvo, coi capelli scuri spioventi, col viso liscio, con due occhi così piccoli che quando sorrideva non si vedevan più, con un naso lungo e sottile di asceta, con un'andatura come s'egli studiasse di farsi piccolo, e sempre con lo sguardo rivolto a terra, a dieci passi davanti a sé, nessuno avrebbe mai pensato che non sfuggisse alla sua vista né un piedino scoperto sul montatoio d'una carrozza, né una fotografia libera in una vetrina, né una coppia tortoreggiante sotto un portone, né alcuna cosa od immagine che potesse eccitare i sensi. Un osservatore non avrebbe potuto riconoscere il suo temperamento che dalla grande bocca mobile, che pareva formata di due serpentelli vermigli, e da certe ondate di sangue che, al passar di certi pensieri, gli coloravano per un momento il collo e la faccia. Certo, la buon'anima dello zio prete non avrebbe potuto seguirlo in ogni suo passo; ma la sua condotta era così dignitosamente prudente, che anche chi conosceva meglio le sue abitudini non iscopriva nulla che gli potesse far sospettare ch'egli non fosse, anche per quel riguardo, quel che pareva. Del resto, egli era una di quelle nature nella loro sensualità non volgari, le quali non si abbandonano al vizio perché non vi si appagano, e son fatte per non trovare appagamento che in un possesso unico, sicuro ed onesto, non scompagnato dall'affetto: nature, più che semplicemente sensuali, amorose, che aspettano e cercano, frenandosi senza grande sforzo, fin che non trovino incarnato un certo ideale fisico e morale, che covano in mente; nel quale sono forse più difficili a contentarsi d'altri uomini più freddi e più raffinati, a cui non fa velo il fumo della passione.

Ora egli avea trovato quest'ideale nella maestra Pedani,

lombarda, venuta tre mesi prima, sul cominciar di dicembre, ad abitare con la sua collega Zibelli in un quartierino al terzo piano di quella casa, di fronte all'uscio del maestro Fassi, il quale l'aveva tirata là per assicurarsi meglio la sua cooperazione preziosa al *Nuovo Agone*. Quell'alta e robusta giovane di ventisette anni «larga di spalle e stretta di cintura» modellata come una statua, che spirava da tutto il corpo la salute e la forza, e che sarebbe stata bellissima se non avesse avuto un nasino non finito e un'espressione di viso e un'andatura un po' troppo virili, gli aveva fatto, fin dal suo primo apparire, l'effetto d'una persona lungamente desiderata e aspettata. Era il tipo che aveva accarezzato nei suoi sogni ardenti di seminarista, la figura che aveva vagheggiato confusamente per tutto il corso della sua calda gioventù castigata. La prima volta che era salito in casa sua a prender da lei la pigione anticipata del trimestre, non gli era riuscito di contare i biglietti da cinque ch'essa gli aveva messo in fila sul cassettone. Da quel giorno la sua passione era andata crescendo a vampate. E appena egli ebbe compreso, dal contegno di lei, il suo carattere vigoroso e calmo, repugnante a ogni civetteria, che quasi non le lasciava avvertire l'impressione prodotta dalla propria persona, e non dava speranza alcuna né di leggerezze né di capricci, il pensiero di lui andò diritto e risoluto al matrimonio, come all'unico modo possibile di conseguire la soddisfazione dei suoi desideri. Non ostante il suo ardore, per altro, egli prevedeva le difficoltà che avrebbe ragionevolmente opposto lo zio al suo matrimonio con una maestra sola e senza fortuna; ma a sperare che il no non sarebbe stato assoluto lo confortava in parte il fatto d'una passione singolare di cui pareva acceso il commendatore, la sola ch'ei gli conoscesse: uno spirito attivissimo di propaganda in favore della ginnastica educativa, ch'egli aveva promosso in tutti i modi durante il suo breve vice-assessorato dell'istruzione;

dalla qual propaganda s'era poi sdato, ma serbando una viva e costante simpatia per tutti gli spettacoli ginnastici di scuole, collegi, istituti, accademie ed esami, di cui non perdeva uno solo, essendo invitato a tutti come uno dei primi e più benemeriti fondatori della Palestra di Torino. Era appunto questa simpatia per la ginnastica che gli aveva fatto ridurre d'un terzo la pigione al maestro Fassi, conosciuto da lui alla Palestra molti anni prima, e accordar lo stesso favore alla signorina Pedani, maestra di ginnastica in vari istituti, nota per la sua valentìa d'insegnante e per i suoi articoletti vivaci nei giornali tecnici. Il segretario pensava che lo stesso sentimento che gli aveva fatto calar la pigione all'inquilina gli avrebbe fatto scemar l'opposizione alla sposa. Da questa parte, dunque, non era la difficoltà più terribile. La più terribile era quella di arrischiarsi a dichiarare aperto a lei la sua passione; al che s'era formidabilmente opposta per tre mesi la sua invincibile timidità, cagionata sopra tutto dalla considerazione della grande inferiorità ch'egli riconosceva in sé, rispetto alla maestra, dal lato dei pregi esteriori della persona. Da tre mesi, conoscendo appuntino l'orario di tutte le sue lezioni, egli s'ingegnava ogni giorno e più volte al giorno, d'uscire o di rientrare in casa in quei dati momenti, per incontrarla per le scale ed aprirle il suo cuore; e cento volte l'aveva incontrata; ma non una gli era venuto fatto di cacciar dalla bocca altro che le più usuali e scipite parole. E non gli serviva prepararsi prima la frase, inghiottire in furia due bicchierini di Caluso, o cercare il coraggio nel sentimento della onestà dei suoi fini: quando si trovava di fronte a quell'alta e forte ragazza, che o stesse sullo scalino di sopra o su quel disotto, gli pareva sempre che lo dominasse come una figura colossale, tutto il suo ardimento fittizio cadeva senza che il più delle volte egli osasse nemmeno di staccare lo sguardo di torno alla sua bella vita o dalle sue spalle stupende per sollevarlo fino al suo viso. Non era forse neppur riuscito a farle indovinare la propria passione, tanto era tranquilla e sempre uguale la disinvoltura di giovanotto con la quale essa lo salutava e gli parlava. E così egli viveva ruminando il suo amore, aggiungendo ogni giorno l'eccitamento d'una nuova immagine a una interminabile collezione di atteggiamenti, di suoni della voce, di mosse, di guizzi della persona, ch'egli aveva in capo e che passava a rassegna di continuo, meditandoli ad uno ad uno e assaporandoli con una voluttà e con un tormento crescenti, che non gli davan più pace. Finalmente, non ci potendo più reggere, aveva scritto la lettera.

La casa si prestava ai maneggi e ai segreti d'una passione amorosa. Era una delle più vecchie case di Torino, un antico convento, dicevano: senza soffitte, senza terrazzini sul cortile, con due sole scale mal rischiarate: su ciascuna delle quali non eran che sei quartieri, la più parte assai piccoli, e abitati tutti da gente tranquilla. Sulla scala del padron di casa, al primo piano, abitava l'ingegner Ginoni, con la sua famiglia, con la quale la Pedani era in relazione per essere stata maestra elementare d'una delle figliuole, che allora era alunna della scuola Margherita. Stavano sullo stesso piano due vecchie sorelle agiate, tutte di chiesa, scrupolose a segno che non alzavan mai gli occhi in viso ad un uomo, e buonissime in fondo; le quali avevan da prima salutato la Pedani cortesemente e poi smesso di salutarla, dopo che per via delle persone di servizio avevan saputo che essa frequentava un corso di anatomia e fisiologia applicate alla ginnastica, fatto dal dottor Gamba. Al secondo piano, in faccia al commendatore, abitava un vecchio professor di lettere, certo cavalier Padalocchi, vedovo e pensionato, un linguista terribile, dicevano, ma di maniere compitissime; il quale s'accompagnava qualche volta con la

Pedani su per la scala, parlandole dei suoi malanni. Il terzo piano era tutto scolastico e ginnastico, e i due quartieri, per la vita che vi si menava, eran senza dubbio i più bizzarri della casa: quello delle maestre principalmente, a cagione delle differenze grandi che correvano fra di loro, nell'indole e nella vita, le quali facevan parere strano che si fossero decise a mettersi insieme. La Zibelli aveva trentasei anni ed era anche nel fisico l'opposto della sua amica. Alta essa pure; ma magra, e stretta di spalle; un viso bellino, ma troppo piccolo, e già appassito: non aveva che i contorni apparenti d'un corpo ben fatto, grazie al gusto con cui si vestiva, e dal suo modo di buttare i piedi si capiva che i suoi ginocchi erano troppo intrinseci amici. Doveva esser stata una giovinetta assai simpatica: aveva avuto dei capelli castagni bellissimi: la sua gloria era d'aver innamorato, alla scuola Domenico Berti, un giovane professore di fisica, il quale arrossiva interrogandola; ma la gloria era antica, e i capelli s'eran diradati. Le amarezze della lunga vita di ragazza, per cui non era nata, le avevan messe due pieghe aspre agli angoli della bocca, e un che di torbido negli occhi che rivelava un'anima malcontenta. Il fondo era rimasto buono, con questo; ma l'umore irritabile e mutevole lo guastava. Essa aveva fatto amicizia con la Pedani fin da quando questa era entrata nella sua sezione municipale, presa subito da una simpatia di sorella maggiore per quella bella ragazzona incurante di sé e delle cose domestiche, con la quale aveva comune l'entusiasmo per la ginnastica; e le si era stretta anche meglio per soffocare con l'affetto un principio di gelosia e d'invidia che sentiva per la sua opulenta bellezza. Per questo, anzi, le aveva proposto di far casa fra due, e vivevano insieme da due anni. Ma col crescere della familiarità s'era presto turbata la buona armonia. La prima discordia era nata l'anno avanti, nell'occasione del grande congresso ginnastico di Torino, nel quale, determinandosi la divisione fra le due scuole obermannista e baumannista, la Pedani s'era gittata risolutamente nella seconda, ch'era la più ardita, e l'altra era rimasta, come voleva l'indole sua più femminea, nella prima. Poi erano sorti altri dissensi da cause più gravi. La Zibelli s'innamorava ogni momento, con una incredibile facilità a credersi corrisposta, per uno sguardo, per una frase gentile od equivoca, per il più piccolo atto di cortesia d'un maestro, d'un superiore, d'un parente d'una sua alunna; e sempre, in queste accensioni subitanee della fantasia, trovava o le pareva di veder sorgere tra sé e il supposto amante la sua bella amica, che sviasse l'attenzione di lui dalla sua persona, attirandola sulla propria, forse involontariamente, ma per questo appunto con suo più vivo dispetto. E allora seguivano dei brutti periodi, durante i quali essa non la poteva soffrire, e attaccava questioni interminabili per un lume messo fuori di posto, perché quella si levava troppo presto, perché si faceva aspettare a tavola, per tutti i più futili pretesti; irritata anche più del non trovare alcuna presa alla sua stizza in quell'animo sano in corpo sano, in cui circolava la vita rapida e calda e pareva che l'operosità continua ed allegra soffocasse ogni senso per i piccoli screzi della vita domestica. Poi la Zibelli s'incapricciva d'un altro, e fin che l'illusione durava, tornava con essa all'amicizia espansiva e protettrice dei primi giorni, aiutandola a vestirsi, divertendosi del suo disordine, compiacendosi quasi dell'ammirazione con cui la vedeva guardata. Senonché, via via che le delusioni si succedevano, com'ella credeva, per cagion di lei, le manifestazioni della sua acrimonia s'andavan facendo più forti, e duravan più a lungo. Ora, quando era in uno di questi periodi, non le si accompagnava più per andar a scuola, sparlava di lei coi vicini, stava delle intere giornate senza aprir bocca o la contradiceva ferocemente dalla mattina alla sera. Ma sempre senza riuscire a metterla in collera. Nelle discussioni, l'amica le dava ragione quando l'aveva, ragionava pacatamente nel caso contrario, non dando importanza altro che al fondo della cosa, e quando la Zibelli le teneva il broncio, si contentava di guardarla ogni tanto, in atto di curiosità, seguitando a fare gli affari suoi, naturalissimamente, immutabile nella sua amicizia virile, senza tenerezze e senza grilli, la quale non dava molto, ma pretendeva poco. L'ultima rottura era seguita a cagione del maestro Fassi, che aveva ispirato alla Zibelli una calda simpatia, e di cui le continue conferenze con la Pedani a proposito della ginnastica la indispettivano acerbamente; ed essa avrebbe compito allora il proponimento, fatto molte volte, di piantar la casa, se la forza dell'abitudine, un resto di bontà e il non avere alcun pretesto confessabile, non l'avessero rattenuta. Ma più di tutto aveva poi giovato a ritenerla la persuasione che il segretario si fosse innamorato di lei. E non soltanto era rimasta, ma era tornata con l'amica alle tenerezze di prima.

Ma neppure a questo la Pedani aveva badato. Essa viveva d'un solo pensiero: la ginnastica; non per ambizione o per spasso, ma per profonda persuasione che la ginnastica educativa, diffusa ed attuata com'essa ed altri l'intendevano, sarebbe stata la rigenerazione del mondo. Alla predilezione di quell'insegnamento l'aveva sempre portata il suo carattere maschio, avverso tanto ad ogni mollezza e sdolcinatura dell'educazione, che nei componimenti delle alunne essa cancellava inesorabilmente tutti i vezzeggiativi, e non tollerava nemmeno i più usuali dei nomi di battesimo, consacrati dal calendario dei Santi. Ma dopo il nuovo impulso dato alla ginnastica dal ministro De Sanctis, e la propaganda potente del Baumann, la sua era diventata una vera passione, che le aveva procacciato una certa notorietà nel mondo scolastico torinese. Oltre ad insegnar ginnastica nella sezione femminile Monviso, dov'era anche maestra ordinaria, essa insegnava alla scuola Margherita, all'Istituto delle *Figlie dei militari*, all'Istituto del Soccorso, e alle bimbe dei soci della Palestra, dando da per tutto all'Insegnamento la mossa vigorosa del proprio entusiasmo. Pareva veramente nata fatta per quell'unica cosa. Non riusciva soltanto ad eseguire, per suo piacere, i più difficili esercizi virili alla sbarra fissa e alle parallele: era anche riuscita, con lo studio, una insuperabile maestra di teoria, ammirata da tutti gl'intendenti per la rara prontezza nel variar gli esercizi, dei quali si era fatta di suo capo, razionalmente, innumerevoli combinazioni, per la singolare vigoria del comando, che rendeva i movimenti pronti, facili e simultanei, per il colpo d'occhio acutissimo, a cui non sfuggiva la più piccola irregolarità di atteggiamento o di mossa anche nelle schiere di alunne più numerose. Seguiva allora un corso d'anatomia alla Palestra; ma n'aveva seguito già un altro con gran diligenza, due anni avanti, aiutandosi con molte letture; di modo che poteva fondare e regolare il suo insegnamento sopra una cognizione più che mediocre dell'organismo umano e dell'igiene. Alla prima occhiata riconosceva se una ragazza avesse attitudine o no alla ginnastica, esaminava i corpi mal formati, cercava le spalle asimmetriche, i petti gibbosi, gli addomi prolassati, le ginocchia torte, e studiava di correggere ciascun difetto con un ordine particolare d'esercizi. A questo si dedicava con zelo materno: si sforzava di persuader le madri dell'efficacia del suo metodo, quando riluttavano; faceva una guerra implacabile ai busti troppo stretti e ai vestiti troppo stringati; teneva un quadro della statura e del peso di certe alunne per accertarsi degli effetti della sua cura; s'era comperato a sue spese un dinamometro per misurare la loro forza; andava facendo dei piccoli risparmi per comprarsi un apparecchio da misurar la capacità polmonare; avrebbe voluto che s'inventassero dei congegni per misurar la bellezza del portamento, la destrezza, la facoltà d'equilibrio, ogni cosa. E oltre alle sue lezioni, s'occupava di problemi tecnici speciali, teneva dietro ai vari congressi regionali dei maestri di ginnastica, registrandone le deliberazioni, leggeva quante opere straniere sulla materia le capitassero alle mani tradotte, e non perdeva un numero dei dieci giornali ginnastici d'Italia, di parecchi dei quali era corrispondente. Uno dei suoi articoli *sull'utilità pratica del salto*, scritto con garbo e con forza, aveva destato l'ammirazione del maestro Fassi, e dato occasione alla loro amicizia; la quale, peraltro, era da parte del maestro un po' interessata, poiché, pieno di idee e di cognizioni nella sua scienza, egli mancava affatto di stile, come il *Marechal* di Emilio Augier, e anche un po' di grammatica; e la Pedani provvedeva mirabilmente alla sua deficienza, convertendo i suoi appunti in articoli, ai quali egli metteva con mano franca la propria firma. Ma la Pedani, che non scriveva per la gloria, non se ne curava. Tutta dedicata alle sue scuole, in giro tutti i giorni ai quattro angoli di Torino, a tavolino a studiare quando non era in giro, occupata da sé sola in esperimenti ginnastici quando non studiava sui libri, essa esercitava infaticabilmente il suo apostolato per la rigenerazione fisica della razza senza avvedersi né dei mille sguardi che si avvolgevano da ogni parte intorno al suo bellissimo corpo, né delle invidie e delle gelosie che suscitava. Tanto che chi la conosceva da vicino la considerava come una natura di donna, misteriosa, refrattaria all'amore, e quasi priva d'istinto sessuale, e l'ingegner Ginoni, a cui piaceva di scherzar con lei, la chiamava *la vulneratrice invulnerabile*. E pareva ch'ella giustificasse quest'idea con la nessuna o pochissima cura che prendeva del suo abbigliamento, se non per la pulitezza, che serbava irreprensibile. Usciva un giorno col cappellino messo di sbieco, un altro col cappotto sbottonato o con gli stivaletti da casa, camminava a passi troppo lunghi, si lasciava sfuggir delle note di voce maschile che facevano voltar la gente stupita, e pronunciava un'erre quadruplicata che dava lo stridore d'una raganella. Ma invano. Tutti questi difetti e anche il nasino non finito scomparivano nella bellezza poderosa e trionfante del suo corpo giovanile di guerriera.

Avevano, lei e la Zibelli, una donna di servizio fra tutt'e due, e una stanza che serviva di salotto comune. Da una parte del salotto c'era la camera della Pedani, dall'altra quella della sua amica, diversissime fra loro, come le indoli delle due persone. Quella della Zibelli era tenuta con molt'ordine, ornata di quadretti a pastello dipinti da lei in altri tempi, e d'una profusione di lavori d'uncinetto e di traforo, di fiori finti di carta e di cuoio, di paralumi, di guernizioni e di ninnoli, fatti pure dalla sua mano; fra cui vari scaffalini coperti di tendine ricamate, nei quali eran mescolati ai libri scolastici molti romanzi francesi; poiché, secondo le lune, essa si chiudeva rigidamente nella scuola e nella pedagogia, come in un chiostro intellettuale, per dimenticare il mondo e le sue tentazioni, o si buttava con tutta l'anima alle letture di fantasia. Nella camera della Pedani, all'opposto, c'era sempre l'arruffio d'un magazzino di rigattiere: vestiti gettati qua e là; delle bluse da ginnastica, di rigatino oscuro, appese a dei chiodi; in un canto un bastone Iäger, due paia di manubri sotto il letto, degli zoccoli da esercizio a piè dell'armadio, e sparpagliati un po' da per tutto numeri del *Nuovo Agone*, del *Campo di Marte*, della *Palestra di Padova*, del *Gymnaste Belge* e d'altri giornali della stessa famiglia. A capo del letto, accanto a un calendario scolastico stracciato, pendeva dal muro, dentro una cornice dorata, una iscrizione calligrafica, regalatale dalle sue alunne, di due versi del Parini:

Che non può un'alma ardita
Se in forti membra ha vita?

La libreria era un monte di volumi scuciti sopra un tavolo coperto da una gazzetta, una collezione tutta ginnastica di prontuari, di manuali, d'atlanti, di letteratura meloginnica, di opuscoli sull'igiene, sul nuoto, sul velocipedismo, e di pubblicazioni del Club alpino; poiché la sua passione per la ginnastica abbracciava tutte le discipline fisiche del genere umano. Ma quello che dava alla sua camera un aspetto curiosissimo era un gran numero di ritratti, tolti i più da giornali illustrati e appiccicati alle pareti, come in una bottega di venditor di stampe. Oltre al Baumann, che campeggiava, c'erano i ginnasti italiani più benemeriti: il Gallo di Venezia, il Pizzarri di Chioggia, il Ravano di Genova; sopra questi, il Ravestein, il Nestore dei ginnasti tedeschi; Firmino Lampière, *l'uomo vapore*; una fotografia del Bargossi; un ritratto in oleografia di Ida Lewis, decorata della medaglia d'oro dal Congresso degli Stati Uniti per aver salvato dei naufraghi; ed altri a decine. Questo strano bazar le serviva da camera da letto e da scrittoio, e perfino da palestra e da scuola, poiché lì faceva ogni giorno i suoi esercizi appena levata e dava le sue lezioni particolari. Ed era anche un secondo salotto per tutt'e due, perché, quando erano in buon accordo, ci veniva ogni momento la Zibelli, attirata dalla bizzarria di quel disordine, a far quattro chiacchiere con la sua amica.

Erano lì appunto tutt'e due, alle sette della sera, dopo aver desinato, sedute a un piccolo tavolino rischiarato da un lume di benzina, e la Pedani sfogliava sotto gli occhi dell'amica, che le teneva un braccio intorno al collo, la *Ginnastica degli anelli* del dottor Orsolato, quando venne la portinaia a portar la lettera del segretario.

La Pedani la fece entrare nella sua camera per ripeterle ancora una volta quello che le andava dicendo da un mese, di non torturare più la sua bambina. Aveva una figliuola che ingobbiva, diceva lei, e s'era lasciata persuadere da un bottegaio ortopedico del vicinato a metterle un busto di lastrine metalliche, il quale, premendola troppo al costato, la faceva soffrire e strillare come un'indemoniata. La Pedani voleva che la mamma buttasse via quello strumento, cagione possibile d'una consunzione polmonare, e che affidasse la bimba a lei per la cura ginnastica. Ma quella non ci credeva. E anche questa volta le diede la risposta solita:

– Ah! ci vuol altro che la sua ginnastica, signora maestra!
– Mi fate pietà, – le rispose la Pedani.

Poi, uscita la portinaia, guardò la soprascritta della lettera, di cui non riconosceva i caratteri. La Zibelli si alzò come per uscire, ma l'incertezza del suo passo mostrava così poca voglia d'andarsene che la Pedani le disse di rimanere. D'altra parte, essa non faceva segreti né con lei né con altri.

Aperta la busta, guardò la firma, e cominciò a leggere senza dare alcun segno di maraviglia. Solo quando ebbe finito, sorrise, tentennando il capo, con gli occhi fissi sul foglio, come se per la prima volta le si chiarissero alla mente i vari indizi che le avrebbero dovuto far prevedere quel caso.

La Zibelli, punta dalla curiosità, ma trattenuta da quel silenzio, non osò far domande; ma seguì con l'occhio tutti i suoi movimenti. L'altra s'alzò, buttò sbadatamente la lettera nel cassetto del tavolino dei libri, e avvicinatasi all'armadio, prese il suo cappello. La Zibelli si ricordò che la sua amica doveva andare al Club alpino a sentire una conferenza della contessa Palazzi-Lavaggi sulle ascensioni alpine delle donne. Un'idea le balenò; ma per stornare ogni sospetto, disse sorridendo:

– Ah! tu fai dei misteri.

– Non è un mistero, – rispose la Pedani con indifferenza; – te lo dirò poi. – E si mise il cappellino alla carlona.

La Zibelli, scherzando, l'accompagnò fino all'uscio, s'andò ad accertare che la serva era in cucina, rientrò lesta nella camera dell'amica, pigliò la lettera nel cassetto, guardò la firma, e impallidì. Poi lesse la lettera intera, e fu presa da una tal fiammata di rabbia che si guardò intorno con la tentazione di rompere e di calpestare ogni cosa. Anche quello le portava via! Oh la nefasta creatura! Essa l'avrebbe in quel momento crivellata a colpi di spillo. E ciò che l'arrabbiava di più era che, sebbene nella lettera non fosse nessun accenno al matrimonio, si capiva però dalla gravità quasi comica d'ogni frase che non era una dichiarazione d'amore fatta alla leggiera, con uno scopo di semplice galanteria; ma una lettera ruminata e ponzata, lo sfogo d'una passione che durava da un pezzo, e con un proposito serio. E lei s'era potuta illudere in quel modo, e aveva fatto da comodino a tutti e due! Sbatté il foglio nel cassetto, fece due o tre giri per la camera, come se quell'aria la soffocasse e avendo bisogno subito d'una vendetta, datasi in fretta una ravviata ai capelli, uscì di casa, attraversò il pianerottolo, e picchiò all'uscio del maestro Fassi, accomodando alla meglio un viso ridente.

Le aperse la signora Fassi con un viso arcigno che aveva preparato per ricevere la Pedani; ma, vedendo lei, si rasserenò, e la fece entrare in una piccola stanza con le pareti bianche e nude, nella quale quattro ragazzetti facevano un baccano d'inferno intorno a una tavola mezzo apparecchiata. La Zibelli sapeva di trovare nella signora Fassi un'alleata sicura contro la Pedani, la cui familiarità con suo marito le spiaceva anche più che non dicesse. Era una donna sui quaranta, con un seno enorme che le impicciava le braccia e con una gran bocca che perdeva le labbra, vestita sempre in casa come una bracina; la quale metteva tre quarti d'ora a scendere e a salir le scale, soffermandosi a parlare con voce piagnucolosa con quanti incontrava, e in particolar modo col segretario, che risapeva i fatti di tutti dalla bocca sua. Era molto gelosa dei robusti trentotto anni di suo marito, e pareva che avesse un concetto maraviglioso della sua rozza bellezza di caporalone, la quale non consisteva in altro che nella fierezza delle impostature e in due folti baffi che gli andavano dalla bocca alle orecchie. Ma lo temeva pure, e non osava per questo di far degli sgarbi aperti alla rivale.

La Zibelli disse d'esser venuta per isvagarsi un pochino, fece l'allegra, accarezzò i bimbi, girò per la stanza, aspettando il momento opportuno. Il quale le parve giunto quando la signora Fassi le domandò se quella sera era sola in casa.

– Sola, – rispose. – Maria è uscita. Del resto... ora non bada più a me. Ci ha ben altro.

E vista la curiosità della Fassi, non potendosi più contenere, con un tuono forzato di scherzo, senza parlar della lettera, le accennò l'amore del segretario.

Quella rimase con la bocca aperta: la cosa le pareva incredibile. Poi disse:

– Come lo sa?

– Lo so, – rispose la maestra.

– Ma... per sposarla?

La maestra fece un segno, come per dire che non c'era dubbio.

– Il segretario è matto, – disse la Fassi, con dispetto mal celato. – Ma... e lei?

– Lei, – rispose la Zibelli, – per ora, fa l'indifferente. Ma dirà dieci sì, l'un dietro l'altro.

– Bah! – esclamò la signora, dopo un momento di riflessione. – Il signor Celzani ci penserà prima un par di volte.

– Ma cosa vuol che pensi don Celzani! – ribatté la Zibelli; e certa di deporre il seme in buon terreno, buttò là come alla sbadata alcune parole, che quella raccolse e registrò nel più profondo della memoria.

– Don Celzani è un ingenuo; per lui una ragazza di trent'anni e una di quindici son tutt'uno. Non conoscendo lui il mondo, crede che non lo conosca nessuno. Scommetto che non sa neppure che prima di venire a Torino, Maria è stata maestra in mezza dozzina di comuni. – E si mise a ridere. – Si sa le avventure delle maestre nei villaggi; di lei, poi, n'han parlato anche i giornali. C'è perfino la storia di una compagnia di bersaglieri, nientemeno. Ah! ci son dei belli originali a questo mondo!

E trascinata dalla rabbia stava per dire di peggio, quando s'udì una forte scampanellata, i ragazzi ammutolirono a un tratto, la signora corse ad aprire, e il maestro Fassi entrò, molto eccitato, con la *Gazzetta di Torino* nella mano. Tornava allora da Chieri, dove andava due volte la settimana a dar lezione di ginnastica al liceo e alla scuola tecnica.

Salutata appena la Zibelli, si voltò verso sua moglie, mostrando il giornale stretto nel pugno: – Ne vuoi sapere una nuova, un asino d'un maestro di ballo che salta su con un articolo nella *Gazzetta di Torino*, offeso con me perché nell'*Agone* della settimana passata ho detto che il ballo è una diramazione della ginnastica? Ma sai che ci vuol tutta! Ma le ho fatto un onore che non merita all'arte delle pirulette. Te lo concerò io in un altro articolo, hai da vedere in che maniera, quello sgambettino presuntuoso. – E seguitò a declamare, abbozzando l'articolo, mentre faceva dei nastri per la stanza. – È tempo una volta di cantarla chiara a questi ignoranti. Loro non fanno una differenza al mondo tra un maestro di ginnastica e un acrobata di circo. Ma il maestro di ginnastica è un uomo di scienza, o signori! Egli deve conoscere la ginnastica teorica, l'anatomia applicata, la pedagogia, l'igiene, la storia della ginnastica, la costruzione di attrezzi e palestre, e la tecnologia; e dev'essere artista! Pezzi d'asini, non sanno che ci vuol la vita d'un uomo soltanto per imparare e tenere a mente tutti gli esercizi? Che si potrebbero scrivere cento volumi solamente sull'installazione degli attrezzi? E poi, vedete a che cosa deve ricorrere un maestro di ginnastica!

E cavò di tasca un foglio, sul quale da un professore di matematica di Chieri s'era fatto cercare per mezzo di formule algebriche il numero dei cambiamenti di posizione nell'esercizio delle bacchette.

Questa era la sua grande smania, di render la ginnastica quanto più possibile complessa e difficile, non solo nel concetto altrui, ma nel proprio. Non aveva, come la Pedani, alcun ideale del bene dell'umanità: adorava la sua *scienza* per le soddisfazioni che vi trovava e vi sperava il suo orgoglio. Oltre che a Chieri, insegnava al liceo e alla scuola tecnica di Carmagnola, a un ginnasio e a un liceo di Torino, agli Artigianelli e alla Società di ginnastica, e da per tutto s'adoperava a inculcare la sua idea. La prima nazione del mondo, aveva detto un grande uomo, sarà quella che avrà più salute, ossia, quella che farà più ginnastica. A questa scienza, dunque, soggiungeva lui, dovevano convergere tutti gli sforzi dei grandi ingegni, dei governi, della società intera; questa doveva esser messa in cima a tutte le scienze, e la classe dei maestri di ginnastica diventar l'aristocrazia della nazione. E intanto cercava la celebrità per tutte le vie, covando molte e diverse ambizioni; delle quali era principalissima quella d'inventare un attrezzo e di dargli il proprio nome.

E ricascò addosso al ballerino, rimproverandosi di aver profanato, a proposito del ballo, il nome di *ginnastica*, come lo profanavano le compagnie acrobatiche che s'appropriavano l'aggettivo; e si scagliò contro il governo che, non ostante le istanze del secondo congresso della federazione, s'ostinava a non voler proibire ai saltimbanchi di vituperare la scienza. Già, a tutto si sarebbe riparato adottando, com'egli aveva proposto, la denominazione più nobile e più logica di *Istruzione fisica*. Poi domandò bruscamente, alla Baumann: – Che novità?

La moglie gli sciorinò la novità: don Celzani che voleva sposare la maestra Pedani. Ma, dicendo questo, non vide punto sul viso del marito l'espressione di gelosia che s'aspettava. Infatti egli non sentiva per la Pedani che l'ammirazione d'un meccanico per una bella macchina, e non aveva mai avuto altro pensiero su di lei che quello di servirsene pe' suoi fini ambiziosi.

Gli spiacque nondimeno quella notizia, prevedendo che, maritata, essa gli sarebbe sfuggita di mano, ed egli sarebbe rimasto senza stile. Ma non espresse questo pensiero.

– Pazzie! – disse invece, – Una vera maestra di ginnastica non deve prender marito, deve conservarsi come un soldato, libera dell'anima e del corpo. La maestra Pedani deve consacrarsi tutta alla sua missione. E la sua missione non è di far dei figliuoli, è di raddrizzare quelli degli altri. Non farà questa asineria. Io la persuaderò.

Poi domandò di scatto: – Ma come mai quel *santificetur* ha avuto la faccia d'innamorarsi d'una così bella ragazza?

La signora Fassi arrischiò qualche osservazione sulla bellezza; trovava, per esempio, che don Celzani aveva l'aria più *distinta* di lei. E poi la Pedani era una ragazza senza sentimento, si vedeva. Anche la Zibelli fece i suoi appunti. Aveva una bella vita, ecco tutto. Del resto, nessuna finezza di fattezze: era troppo grossa; mancava di grazia; in casa, urtava tutto;

aveva il passo d'un'elefantessa.

Il maestro scrollò le spalle, – tutto questo non conta un'acca, – disse. – La Pedani non è pane per i suoi denti; lasciando stare che lui è un ciuchino, e lei una ragazza di talento.

– Talento! – esclamò la moglie, voltandosi verso la Zibelli. – Mio marito le corregge gli articoli.

La Zibelli sapeva la verità su questa faccenda; ma mostrò di credere, sorridendo. E disse con gravità:

– Non ha sintassi. Scrive a salti.

– Questo è vero, – osservò il maestro. – Anzi, per quel che riguarda il giornalismo, sarebbe meglio che si contentasse d'una parte più modesta, che la mettesse meno in vista. C'è delle questioni, nel campo della ginnastica, che una donna non può e non deve affrontare. Ma, insomma... don Celzani non la sposerà, voi vedrete. Gli metterò io una pulce in un orecchio. So io come si fa abbassare la coda a questi chiericotti...

Lo interruppe una scampanellata. Era la Pedani che, tornata dal Club alpino, dove non c'era stata conferenza, veniva a prender l'amica. Entrò nella stanza e non si volle sedere. Era colorita di rosa dall'aria frizzante della sera, ansava un poco, dilatando le narici e sollevando il largo petto, e tutta la sua persona spiccava in nero sulla parete bianca con tale arditezza e vigoria di contorni, che la signora Fassi dovette volger la parola ai ragazzi per rompere il silenzio ammirativo cagionato da quella vista.

– Ti vengo a prendere, – diss'ella alla Zibelli, mettendo quattro erre nell'ultima parola; e chi l'avesse sentita senza vederla, l'avrebbe creduta piuttosto un marito, che un'amica.

La Zibelli si mosse, e scambiate altre poche parole coi padroni di casa, uscirono tutte e due, la Pedani per l'ultima, riempiendo per un momento con le sue belle spalle tutto il vano dell'uscio mezzo aperto.

– Tutto sommato, – disse il maestro, fissando ancora l'uscio dopo che era uscita, – non si può dire che don Celzani abbia gli occhi nel sedere.

E sua moglie soggiunse con un sorriso astuto: – Non l'ha ancora sposata.

Il segretario stette penosamente incerto tutto quel giorno e la mattina dopo, se dovesse aspettare una risposta per iscritto, oppure farsi coraggio e chiederla a voce. Finì col farsi coraggio, e al tocco e tre quarti, ora in cui sapeva che di domenica la maestra usciva sola per andare alla Palestra, si piantò dietro all'uscio di casa sua, spiando pel buco della chiave quando ella fosse comparsa sul pianerottolo. A vederlo in quell'atteggiamento si sarebbe preso per un uomo appostato per commettere un assassinio, tanto tutta la sua persona era agitata e la respirazione affannosa. Un rumore lo scosse, egli cacciò fuori il capo, ma lo ritrasse subito; non era che il vecchio professor Padalocchi, chiuso nel suo gran cappotto impellicciato, e tutto curvo, che usciva, tossendo, per la sua solita passeggiata igienica.

Ma un momento dopo egli sentì il passo della Pedani, *Dio grande!* L'occasione era perduta. La maestra, raggiunto sul pianerottolo il vecchio, che le fece un grande saluto, si soffermò e attaccò discorso con lui.

Ogni parola della loro conversazione cadde come un peso enorme sul cuore del povero innamorato. Il signor Padalocchi si lamentò d'un nuovo incomodo: aveva la respirazione incompleta.

– Perché, – gli domandò la Pedani, – non fa un po' di ginnastica polmonare?

Quegli sorrise, ella insistè. – Glielo dico sul serio. Non

c'è di meglio per dilatare il petto. Provi a fare tutti i giorni, appena levato, delle inspirazioni ed espirazioni lunghe e ripetute... in questa maniera.

E le fece, e il segretario ebbe un'ondata di sangue alla testa.

– Ne faccia dieci o venti dapprima, – continuò la maestra, – e n'aggiunga tutti i giorni, se può, una decina. Le assicuro che a capo di due settimane si sentirà molto meglio. È un esercizio di effetto immancabile. Io ne faccio ogni mattina cento e trenta.

Il professore parve persuaso e la ringraziò.

– Faccia la prova, – ripete la Pedani, – e me ne riparlerà. E poi... le impresterò io un libro, che contiene tutti i precetti. A rivederla.

Ciò detto, affrettò il passo. Il segretario sperò d'indovinare un barlume dell'animo di lei dal modo come avrebbe guardato l'uscio di casa sua, passandovi davanti; ma essa passò senza guardar l'uscio. E questo lo sgomentò. Era nondimeno ancora in tempo a raggiungerla sotto il portone, non foss'altro che per interrogarla con gli occhi; ma nell'atto di slanciarsi fuori, si sentì gridare in viso: – Oh dolce segretario!...

– Dio grande! Era l'ingegner Ginoni, il quale veniva, come tutti gli anni, a pregare il padron di casa, suo vecchio amico, di scendere quella sera da lui per un piccolo trattamento di famiglia che soleva fare nel giorno natalizio dei suoi gemelli. Anche il secondo colpo era fallito. Non gli restava più che aspettar la sentenza dalla posta.

C'era poca gente, quella sera, in casa Ginoni. Il professor Padalocchi non aveva potuto venire, la Zibelli non aveva voluto, il padron di casa non compariva: nella sala da pranzo, intorno a una gran tavola ovale, coperta di fruttiere piene di dolci e di bottiglie di vini sardi e siciliani, non c'era che la famiglia, la maestra Pedani, e tre piccole amiche della figliuola, con la loro nonna, che stavan di casa sull'altra scala. Ma la gioventù, ch'era la maggioranza della riunione, le dava grazia e allegrezza, formandovi una bella corona di teste bionde sotto alla luce calda d'una ricca lampada a gas, che indorava ogni cosa. La bimba, di cui la Pedani era ancora maestra di ginnastica alla scuola Margherita, aveva tredici anni, e pareva il ritratto del figliuolo più piccolo, suo gemello, alunno di terza ginnasiale. Il figliuol maggiore – Alfredo – di ventun'anno, studente di matematica all'Università e velocipedista chiarissimo, era un biondino ardito, con due begli occhi maligni, già disinvolto come un uomo rotto al mondo; e s'era messo a sedere così vicino alla maestra, che questa aveva dovuto farsi un po' indietro per non strisciarlo con la spalla e col fianco. Egli era l'idolo di sua madre, che non aveva ancora quarant'anni: una acciuga elegante e indolente, con un gran naso aristocratico, benevola, quando non l'urtavano nell'amor cieco che aveva per quel figliuolo. Il più simpatico della famiglia era l'ingegnere, bell'uomo sulla cinquantina, grigio, ridente, lavoratore, gran parlatore, gran celione, amante della vita larga, ma senza fumo. Marito e moglie avevano una simpatia cordiale per la Pedani, in parte per l'originalità rispettabile del suo carattere e più perché la loro bimba l'adorava; e non dissentivano da lei che per un'avversione dichiarata alla ginnastica, nata da che un loro nipote, alunno d'un collegio convitto di Milano, anni prima, s'era rotto un braccio cadendo dalle pertiche d'ascensione.

– Amici, – le soleva dire il Ginoni incontrandola su per le scale; – ma fino alla soglia della palestra.

Oppure: – Abbasso la ginnastica! – e ogni volta che si trovavano insieme, la stuzzicava facetamente su quell'argomento.

E la conversazione cadde lì, anche quella sera. Fra l'altre cose, per criticare il nuovo metodo d'insegnamento, l'ingegnere raccontava di aver visto l'anno prima eseguire i passi ritmici alle *Figlie dei militari* dell'istituto di San Domenico, dov'era andato per visitare i locali. Sì, lo spettacolo gli era piaciuto. Quelle cento e cinquanta ragazze grandi, con quei bei vestiti neri e azzurri, e con quei piccoli grembiali bianchi, schierate in un vasto cortile, che si movevan tutte insieme al comando d'una maestra, con dei movimenti graziosi di contraddanza, facendo un fruscio cadenzato che pareva una musica di bisbigli; tutte quelle belle braccia e quelle piccole mani per aria, quelle grosse trecce saltellanti sulle nuche rosee e sui torsi snelli, quei trecento piedi arcati e sottili, e la grazia indefinibile di quelle mosse così tra il ballo e il salto, con quelle vesti lunghe, che davan loro l'aspetto di un corpo di ballo pudibondo, era nuovo e seducente senza dubbio. Ma, Dio mio! Quante parole metteva fuori quella maestra per farle muovere! Chiacchierava più lei di quello che esse movessero, eran dei comandi interminabili da generale di brigata, una complicazione faticosa di coreografia. E poi, un movimento rattenuto e misurato a centimetri, insufficiente per quei corpi fatti e pieni di vita, una combinazione d'esercizi compassati, cercati con la penna, per servir di spettacolo a commissioni e a invitati. A lui sarebbe venuto voglia di troncar la rappresentazione a metà, e di sguinzagliarle tutte in un prato fiorito, come una mandra di puledre.

Ma la Pedani, su questo, era d'accordo con lui. Essa era baumannista appunto perché il Baumann faceva guerra alla ginnastica coreografica e voleva per le ragazze una scuola più virile.

– Allora, – disse l'ingegnere, – per farla arrabbiare le dirò male del Baumann.

– Io lo difenderò, – rispose la maestra. – Si *prrrrovi*.

– No, – disse lui, sorridendo, – non lo farò, non sono abbastanza enciclopedico perché ora la ginnastica abbraccia tutte le scienze. – E citò un conferenziere della Filotecnica che, sere innanzi, dovendo trattar della ginnastica, aveva fatto prima una corsa sterminata a traverso alla filosofia, all'etnologia, all'antropologia, e messo sottosopra tutto lo scibile umano; poi aveva finito coi manubri.

– La ginnastica, – rispose tranquillamente la Pedani, – ha relazione con tutte le scienze.

– E come no? – ribatté l'ingegnere. – Anzi, è la chiave di tutte. Ora dicono che un ragazzo che trova difficoltà a risolvere un problema, non ha che a fare un quarto d'ora d'esercizio alle parallele, poi si rimette a tavolino, e tutto è fatto.

– Il signor ingegnere scherza, – disse la Pedani, alzando una spalla, – io non rispondo più.

– Non scherzo, – rispose il Ginoni, continuando a scherzare, – non s'è anche detto che la ginnastica darà il gambetto alla medicina? Mi par che sia il maestro Fassi che ha scritto che ci son certi esercizi che equivalgono a certe ricette. Bel tipo quel maestro Fassi! È anche lui, credo, che trova delle trasformazioni maravigliose nella musculatura dei suoi alunni dalla mattina del lunedì alla sera del sabato. Per esempio, egli ha un'ideale di società originalissimo: la gente saltellante per le strade, capre e parallele in tutte le piazze, la lotta obbligatoria in tutti gli uffizi, esercizi degli arti superiori nei salotti...

– Non dica di più, ingegnere, – disse la Pedani, – perchè mi rincresce davvero di sentire un uomo come lei mettere in ridicolo una cosa tanto seria. Come si fa a scherzare sulla ginnastica mentre abbiamo, su trecentomila iscritti alla leva, ottantamila riformati per inattitudine fisica! Mentre abbiamo i ginnasi pieni di giovanetti scoloriti, che hanno petti e braccia di bambini, e su dieci ragazze della miglior società non se ne trovan due senza qualche difetto di costituzione!... Oh! è un triste scherzo!

– Domando perdono, – rispose l'ingegnere – Io non combatto la ginnastica... ginnastica. Io l'ho con questa nuova ginnastica *scientifico–letterario–apostolico–teatrale*, che hanno inventata per dar delle feste e degli spettacoli, per fabbricare dei grandi uomini e moltiplicare i congressi, e per menare la lingua e la penna mille volte più che non le braccia e le gambe. Non è mica questa, credo, la ginnastica che difende la signorina.

– Non la difendo, – rispose questa, – perchè non esiste, perchè non è altro che un'invenzione di loro signori. Io non conosco altro che una ginnastica ragionata, fondata sulla conoscenza dell'anatomia, della fisiologia e dell'igiene, che dà all'infanzia la forza, l'agilità, la grazia, la salute, il buon umore, e rialza tutte le facoltà morali e intellettuali. Io credo a questi effetti perchè sono provati e li vedo; credo quindi che la ginnastica sia la più utile, la più santa delle istituzioni educative della gioventù, e quelli che la combattono, mi scusi... mi fanno pena, mi paiono gente accecata, nemici incoscienti dell'umanità.

L'ingegnere rise un poco del leggero tono declamatorio delle ultime parole: – No, signorina, – disse poi – non sono nemico di chi senza consultare il medico come si dovrebbe far sempre e non si fa mai, mette a far ginnastica dei ragazzi che hanno delle infermità e dei difetti, e che si fanno del male; mi comprende? Sono anche nemico di chi fa nascere fra i robusti e i deboli delle gare d'amor proprio, che ai deboli costano delle rotture di collo; nemico di chi riduce la ginnastica, che dovrebb'essere un sollievo dello spirito, a un artificio teorico che occupa e affatica la mente come un altro studio qualunque. E questo è quel che succede. E sono anche nemico delle esagerazioni. Credo che i buoni effetti, che sono innegabili, della ginnastica si esagerino iperbolicamente, ingannando il mondo. Mi permetta di assicurarle, per esempio, che nessun esercizio e nessun attrezzo avrebbe mai dato a lei la fiorente salute e la conformazione, che ella si può vedere nell'armadio a specchio.

Il figliuolo maggiore approvò, facendo l'atto di batter le mani. Negli occhi alla Pedani passò il lampo d'un sorriso. Ma si rifece subito seria. – Sempre così, – rispose; – io dico delle ragioni, lei degli scherzi. Non le dico più che una cosa. La Germania e l'Inghilterra, che sono le due prime nazioni d'Europa, sono quelle che fanno più ginnastica. Il popolo greco, che fu il primo dell'antichità, era il popolo più ginnastico del mondo. – E soggiunse con un sorriso: – Lei lo sa: Aristodemo, perchè gli abitanti di Cuma, ch'egli aveva assoggettati, non potessero più ribellarsi alla sua tirannia, proibì loro di far la ginnastica.

– L'avrà fatto per amicarseli, – rispose l'ingegnere.

La maestra tacque un momento. Poi disse con vivacità: – Per fortuna, non la pensan tutti come lei.

Lei non conosce il nostro mondo. L'idea si fa strada da ogni parte, anche in Italia. Lo sa lei che abbiamo delle centinaia di società di ginnastica? Che ci sono dei signori appassionati che profondono il loro patrimonio per fondar palestre, che c'è un gran numero di medici giovani che consacrano alla ginnastica tutti i loro studi, e delle centinaia di maestri che imparano apposta le lingue straniere per studiare la letteratura ginnastica universale, la quale conta migliaia di volumi, scritti da scienziati eminenti?

L'ingegnere fece un gesto vago, senza rispondere, perché era occupato da qualche momento a far dei cenni col capo al suo figliuolo maggiore, il quale si avvicinava tanto alla maestra e la bruciava con gli occhi in un modo, che era una vera indecenza.

– Abbasso Baumamn! – disse infine, per dir qualche cosa.

Ma quando le toccavano il Baumann, la Pedani non ammetteva celie. Saltò su. Il Baumann era benemerito del paese, era il fondatore d'una nuova ginnastica che avrebbe dato immensi frutti, un grande ingegno, un gran dotto, un creatore di caratteri. Essa l'aveva conosciuto al Congresso: era una figura di uomo predestinato a grandi cose: vicino alla sessantina, pareva un giovane; aveva una fronte superba, il gesto fulmineo, la parola scultoria, un'eloquenza dominatrice di soldato e d'apostolo. Il Baumann, datigli i mezzi, avrebbe rifatto una nazione. Non foss'altro che per la riforma che voleva fare della ginnastica femminile, le donne d'Italia gli avrebbero dovuto innalzare una statua.

L'ingegnere fece insieme una piruletta e un frullo con una mano. La signora Ginoni prese allora la parola, con la sua voce indolente: – Eppure, cara maestra, la ginnastica, per le ragazze, ha anche i suoi inconvenienti. I maestri di ballo osservano che toglie la grazia e abitua a movimenti scomposti. Così i maestri di pianoforte dicono che, quando tornan dalla palestra, le signorine non san più sonare. Anche i professori di disegno si lamentano.

– È gelosia di mestiere, – rispose la maestra; – lo creda, signora. È impossibile che faccia danno al ballo o a qualunque arte l'esercizio ginnastico, poiché per effetto appunto di quest'esercizio la sinovia si versa più abbondante nelle articolazioni mobili delle ossa e rende tutti i movimenti più facili e più liberi... Vede? Anche il suo figliuolo mi dà ragione. A proposito, – soggiunse, voltandosi verso lo studente, – debbo ringraziarla del suo bel regalo.

Il giovane diede un guizzo; ma non arrossì punto: ci voleva

altro. Però, avrebbe preferito il silenzio. E con molta disinvoltura disse a sua madre che aveva mandato alla maestra, supponendo che le dovesse piacere, il piano d'un ginnasio greco, copiato da lui in biblioteca.

La signora sorrise a fior di labbra. E disse alla Pedani:

– Domenica scorsa, Alfredo ha vinto il premio d'una bandiera alle corse dei velocipedi.

La Pedani si fece raccontare: essa si occupava con curiosità di quelle gare, conosceva i nomi dei vincitori soliti, andava qualche volta alla *pista*, e benché non fosse mai montata sopra un velocipede, discorreva di bicicli, di tricicli e di biciclette con piena cognizione della materia. Ma questa volta, raccontandole le vicende della sua corsa, nella quale egli aveva cavallerescamente aspettato che si rialzasse il suo competitore caduto, il giovane le si strinse addosso per modo, civettando col capo e con gli occhi, che suo padre non poté fare a meno di fargli un cenno severo, che egli non vide.

– Vede dunque, – disse la maestra all'ingegnere, facendosi un po' in dietro con la seggiola, – anche il suo studente è con noi. Siamo dunque in maggioranza per la ginnastica, in questa casa. Il Fassi, io e la mia amica, il signor Padalocchi che fa ginnastica polmonare, suo figlio, il commendator Celzani...

Al nome di Celzani l'ingegnere diede una risata, – Ah! Quanto al commendator Celzani, – disse, – lo lasci stare.

– Come? – domandò la Pedani. – Non va forse a tutti i saggi di ginnastica che si dànno, dal primo all'ultimo, alla Palestra, a scuole, a istituti?... La sua approvazione vuol dir molto. Non mi potrà negare la serietà del commendator Celzani.

– Io non la nego; tutt'altro! – rispose il Ginoni con brio; – tanto più che è mio buon amico. Anzi, dico che è una delle più venerande canizie di Torino. Soltanto... – e qui guardò furtivamente le bimbe grattandosi il mento, come se cercasse un modo di spiegarsi senza farsi capire da loro. Ma le bimbe, occupate a spartirsi i confetti, non gli badavano. – Soltanto... – riprese, il suo culto per la ginnastica è troppo parziale. Veda un po' s'egli si cura più che tanto della ginnastica maschile. E poi, dà troppo più importanza alla seconda età che alla prima. Però, è ammirabile la puntualità con cui va a quegli spettacoli e l'attenzione che vi presta. Egli ci trova proprio degli alti godimenti... intellettuali. E n'esce tutto grave, coi suoi dolci occhi azzurri socchiusi, immerso in profondi pensieri. Ah! se si potessero scrivere! Io lo conosco. E non è il solo. Egli è un tipo. La ginnastica femminile è stata un ritrovato impareggiabile per questi signori, una vera consolazione della loro vecchiaia, una sorgente di delicatissime delizie cerebrali, di cui noi profani possiamo farci appena una lontanissima idea. Il commendator Celzani non ha che vedere con la ginnastica scientifica, lo creda a me. Citi delle altre autorità, signorina.

– Un giorno citerò lei, – rispose la maestra, per tagliare quel discorso, – perché io la persuaderò e lei si farà iscrivere alla Palestra.

Tutti risero.

– *Jamais de la vie!* – esclamò l'ingegnere. – O se andrò alla Palestra, non sarà che per veder lei alle parallele.

– E n'avrà da vedere, – rispose la ragazza; – sa che solamente alle parallele ci son cinquecento movimenti?

L'ingegnere stava per rispondere con uno scherzo un po' fuor di luogo, quando suonò il campanello e un momento dopo entrò il segretario.

Fu un colpo di scena.

Veniva a portar le scuse dello zio, che non poteva uscir di casa, a causa d'un raffreddore. Entrato senza pensare che potesse esser lì la maestra, al vederla, ebbe come il senso d'una forte scossa elettrica; e per quanto grande fosse il timore di farsi scorgere, egli non poté vincere sul primo momento il violento bisogno di cercar sul viso di lei l'impressione della sua lettera; e la fissò dilatando smisuratamente i suoi piccoli occhi, e facendo una faccia stranissima, tremante in tutti i muscoli, e accesa d'un vivo rossore, a cui succedette una pallidezza di coleroso.

Quella faccia rivelò in un lampo ogni cosa al signor Ginoni; il quale guardò subito la maestra, che si lasciò sfuggire un sorriso indefinibile, non espresso dalla bocca né dagli occhi, ma quasi diffuso sul viso immobile, come il riflesso esteriore d'una immagine comica.

Il segretario fece la sua imbasciata, movendo a stento le grosse labbra, come se fossero appiccicate con la colla.

– To', to', to', – disse intanto fra sé l'ingegnere, assaporando la sua scoperta, e porta al segretario una seggiola su cui egli sedette come sopra un mucchio di spine, gli offerse un bicchiere di Malvasia, ch'egli prese e si tenne sul petto con un atteggiamento pretesco.

E sul momento il signor Ginoni concepì e cominciò a porre in atto un disegno di faceta persecuzione. – Giusto, segretario amato, – gli disse, – lei è caduto nel bel mezzo d'una discussione di ginnastica. Si discuteva con la signora maestra. Ci deve dire anche lei che scuola appartiene. È della scuola del Baumann? È della scuola... che altra scuola c'è, signorina Pedani?.... Obermann! È della scuola dell'Obermann? Quali sono le sue idee intorno agli effetti della ginnastica sulle funzioni del cuore?

La maestra alzò gli occhi al soffitto. Il segretario, atterrito, si levò in fretta il bicchiere dalla bocca e guardò l'ingegnere. Poi trangugiò il vino d'un sorso, e rispose, alzandosi, confuso: – Il signor ingegnere vuole scherzare. Mi rincresce di non potermi trattenere, debbo risalir subito dal commendatore...

– Oh no, signore! – disse il Ginoni, – Non le permetto di scappare in questa maniera. D'altra parte...non può andarsene ora perché, il portone di casa rimanendo aperto fino alle undici, non si sa mai chi si possa incontrare per le scale, e lei, da buon cavaliere e da cortese segretario, è in dovere di accompagnar fino all'uscio la signorina Pedani.

Il segretario risedette subito; ma lo studente fece un atto di dispetto, poiché sperava d'esser lui l'accompagnatore.

– Io non ho paura di nessuno, – disse con voce virile la maestra.

– Non basta, – rispose il Ginoni, – non aver paura; bisogna farla agli altri, e lei... non è nel caso.

Lo studente sviò la conversazione interrogando la Pedani sulle grandi feste che erano state annunziate per il Congresso ginnastico di Francoforte, ed essa gli diede dei ragguagli. Dovevano essere le più belle feste che si fossero mai celebrate in Germania: vi sarebbero intervenuti rappresentanti di tutti i paesi d'Europa fra i quali molti dell'Italia. Essa invidiava quei fortunati suoi colleghi che avrebbero visto quello spettacolo unico al mondo e fatto conoscenza dei più illustri *ginnasiarchi* degli Stati tedeschi, il Kloss, il Niggeler, il Danneberg, il famoso padre della ginnastica, Jahn Tum Vater, e tanti altri; mentre lei, pur troppo, non avrebbe nemmeno potuto procurarsi i loro ritratti.

Mentre essa parlava, il segretario la dardeggiava con occhiate di fianco, geloso a morte dell'apparente familiarità con cui s'intratteneva col giovane, e sconsolato ad un tempo di veder tutti i suoi pensieri e sentimenti volti alla ginnastica con tanto ardore, da non lasciar luogo a sperare che le potesse capire un'altra passione nel cuore. Luccicava ciò non ostante nei suoi piccoli occhi un barlume di speranza, l'aspettazione trepidante e impaziente insieme del momento d'andarsene, per accompagnarla.

Balzò dalla seggiola quando vide la Pedani alzarsi per uscire. Ma l'ingegnere fu feroce.

– Ora che ci penso, – disse, mentre tutti s'alzavano, – il signor segretario è così timido con le signore che è capace di lasciar la maestra al secondo piano. La accompagnerò anch'io.

Dio grande! Quella fu per don Celzani come una ceffata d'una mano di ghiaccio; ma non osò rifiatare. E mentre tutti si salutavano, e lo studente stringeva la mano alla maestra, egli osservò un moto sfuggevole sul viso di lei, come se quegli le avesse dato una stretta troppo forte; e fu per il pover uomo una seconda ceffata. Uscirono tutti e tre, e saliron lentamente le scale quasi oscure. L'ingegnere seguitò a dir barzellette, e il segretario, con suo gran dolore, non trovò una parola da dire. Andò su a fatica, soffermandosi quando il Ginoni e la maestra si soffermavano, e restando un po' indietro ogni tanto per divorare con gli occhi quella bella persona, e quasi per cavare una risposta dalle sue forme, o per pugnalar con lo sguardo la schiena del suo aguzzino. Quando furono davanti all'uscio, dove non arrivava la luce del gas, l'ingegnere accese un fiammifero, la maestra tirò il campanello. Il segretario stette pronto per cogliere e interpretare lo sguardo del saluto; e infatti, rientrando, essa lo guardò.

Ma, ohimè! lo sguardo non disse nulla. E nel punto stesso che si spegneva il fiammifero, si spense la sua speranza.

L'ingegnere indovinò dal suo silenzio la tristezza di una delusione e, fatto più libero dall'oscurità, gli disse a bruciapelo: – Segretario caro, lei è innamorato della maestra.

Il segretario scattò, negò, si stizzì, si mostrò maravigliato e offeso di quello scherzo.

– E perché mai? – domandò il Ginoni, tra il serio e il faceto. – Sarebbe forse un disonore, quando fosse? È una bella e onesta ragazza, e originalissima, non della solita stampa. Perché non mi dice la verità? Sono suo buon amico, e le potrei dare dei buoni consigli. Sono un gentiluomo e rispetto gli affetti.

Don Celzani stette un po' in silenzio, nel buio; poi rispose con voce commossa: – Ebbene... è vero.

– Alla buon'ora, – disse l'ingegnere, – e viva la sincerità. Intanto lei ha avuto una delusione, si capisce. Ma non si scoraggi. Io conosco le donne. Conosco il carattere della maestra. È una di quelle mine che hanno la miccia lunga e nascosta, che brucia per un pezzo senza darne segno; ma poi scoppiano tutt'a un tratto, quando meno uno se l'aspetta. Abbia una costanza di ferro e una pazienza da santo, e un giorno... Perché lei le fa la corte *pour le bon motif* non è vero?

– Mi stupisco, – rispose don Celzani, – io ho delle intenzioni oneste.

– Ma è quello che voglio dire, – disse l'ingegnere, rimesso al faceto da quel malinteso, – ebbene, senta un consiglio. Le donne come quella non vanno prese d'assalto diretto, bisogna girarvi attorno. Essa ha una passione: la ginnastica. Ebbene: convien pigliarla pel manico di quella passione. Lei deve farsi socio alla Palestra, esercitarsi, studiar la materia nei libri, parlargliene, entrarle in grazia in questa maniera. Questo è il primo consiglio che le do; poi ne verranno degli altri. Per ora, agli attrezzi! E coraggio.

Don Celzani, incerto se quegli parlasse da senno o per burla, non rispose.

Intanto erano arrivati all'uscio del commendatore.

– Buona notte, – disse l'ingegnere. – Sono galantuomo e terrò il segreto.

Il segretario gli rispose un *buona notte* fioco e diffidente, e rientrò, pentitissimo di aver parlato.

Pentito e scorato. Gli balenò ancora una speranza, quando entrò nella sua camera, nell'atto che accendeva la candela sul comodino. Chi sa! Forse essa gli aveva scritto quel giorno, e la lettera sarebbe arrivata la mattina dopo. Poteva ben presagire che lettera, pur troppo; ma, qualunque fosse, gli sarebbe parsa meno dura di quella indifferenza muta che lo schiacciava.

Con questo pensiero si svestì, tendendo l'orecchio; poiché la sua camera era sotto a quella della Pedani, e non c'essendo che un solaio leggiero, egli sentiva tutti i più piccoli rumori. Ma subito non sentì nulla: essa doveva essere al tavolino a studiare. Gli venne un sospetto allora, e con questo una nuova speranza: aveva forse fatto male a non esprimere nettamente nella sua dichiarazione il proposito del matrimonio: lei aveva forse creduto egli non le chiedesse che una corrispondenza d'amore. Quale errore aveva commesso! Eppure la lettera gli pareva così chiara!... Dio grande, quanto era bella! Non l'aveva mai vista bene come quella sera, seduta col busto eretto, come un'imperatrice sul trono, con quell'ampio petto fremente di vita, sul quale egli avrebbe rotolato il capo a costo di bruciarselo come in un braciere. La luce della grande lampada dava alla sua carnagione un tale splendore di gioventù, da far pensare che si dovesse ringiovanir d'un anno a ogni bacio che vi si stampasse. Egli aveva osservato sulla tavola la sua mano un po' ingrossata dagli esercizi ginnastici, ma lunga e bella, piena di forza e di grazia, e vi si sarebbe gettato su come un avvoltoio sopra una tortora. Ah no, certo, egli non le piaceva; doveva essere una ben altra forma d'uomo l'ideale di lei! Eppure si sentiva dentro la piena della passione che colma tutti i vuoti, che eguaglia tutte le differenze, e sfida ogni paragone. Il cervello gli bruciava come una girandola accesa. Al primo rumore che sentì di sopra, balzò a sedere sul letto e fissò gli occhi infiammati al soffitto, trattenendo il respiro. Mai quei rumori gli avevano agitato il sangue come quella sera. Egli li conosceva tutti, e seguitava con essi tutti i movimenti di lei. Rimuove la seggiola, gira per la camera buttando i panni qua e là, apre e chiude l'armadio, mette il candeliere sul tavolino da notte, lascia cadere uno stivaletto, un altro... Ah! miseria della vita! Era proprio quello il momento in cui il povero don Celzani sentiva più forte il rancore contro la natura, che pareva lo avesse scolpito apposta per il ministero ecclesiastico, e avrebbe dato venti anni di vita per cambiar viso. Ma poi, poco a poco, col prolungarsi della veglia, l'esasperazione dei desideri si stancava e si raddolciva in un sentimento di tristezza affettuosa ed umile, durante il quale, abbandonando la persona adorata, egli si contentava con la fantasia degli oggetti di lei, che aveva sentiti cadere a uno a uno; e gli pareva che gli sarebbe bastato di aver quelli, di palparli, baciarli, addentarli, per uno sfogo, E non dormì quasi quella notte, e si svegliò prima dell'alba, per aspettare il rumore solito, che gli soleva ridestare tutta la violenza dei desideri acquietati dalla stanchezza. E infatti, all'ora precisa in cui la Pedani soleva saltar giù, egli sentì il tonfo dei piedi nudi sull'impiantito, che lo scosse tutto; sentì il fruscio usato ch'ella faceva per vestirsi, poi il rumor sordo dei manubri tirati di sotto al letto; poiché ogni giorno, appena levata, faceva un po' d'esercizio. E quell'ultima immagine di quelle braccia gagliarde che scattavan nell'aria sopra il suo capo, gli diede finalmente l'impulso a una risoluzione ardita. Voleva abbreviare il martirio dell'incertezza, aspettarla all'uscita delle otto e mezzo, e domandarle una risposta.

L'aspettò, infatti, e, per sua fortuna, essa scese sola.

Egli le andò incontro, la salutò e le domandò con voce tremante: – Non ha nulla da dirmi?

La maestra rispose, tranquilla: – Sì, una cosa sola. Ho da

ringraziarla dei suoi buoni sentimenti.
– Null'altro?
– No, signor segretario, – rispose essa con garbo, – null'altro.
E discese.

Allora incominciò per lui una sequela di giorni tristissimi; perché aveva bensì deciso di ritentare la prova con una domanda formale di matrimonio; ma capiva che il farlo subito dopo quello smacco, senza prepararsi il terreno, sarebbe stata una follia. E intanto gli piovvero dispiaceri su dispiaceri.

Il primo fu che la maestra Zibelli, di punto in bianco, gli tolse il saluto. Se ne sarebbe afflitto meno se avesse saputo ch'essa era entrata allora in una delle sue fasi, in cui, delusa dal mondo, si chiudeva tutta in una specie d'entusiasmo forzato pel suo ufficio di maestra, leggendo libri di scuola anche per la strada, per non vedere la gioventù e l'amore che le passavan d'accanto, pedantemente zelante dei suoi doveri, rigida con le alunne, coi parenti, con le colleghe, col mondo intero.

Ma don Celzani, che non sapeva questo, e ignorava la vera cagione dello sgarbo, buono e gentile com'era con tutti, non supponendo in lei che un moto improvviso di antipatia, ne fu punto nel più vivo del cuore.

Poi trovò strana la condotta del maestro Fassi.

Costui, incontratolo per la scala, gli mostrò le bozze d'un articolo intitolato *Berlino spende mezzo milione all'anno per la ginnastica*, nel quale faceva un confronto con l'Italia intera, che spendeva la metà; e poi, voltando bruscamente il discorso sulla Pedani: – Gran bel pezzo di donna! – esclamò. – Quella sarebbe degna di sposare il più bell'uomo d'Italia. Scommetto che lei non regge con le braccia tese i due manubri che quella tiene con una mano sola. Chi avrà da sposarla, farà bene a far prima i suoi conti.

Che discorsi eran quelli? Egli non si sentiva offeso dal paragone delle forze: il suo solo pensiero era la disparità della bellezza: pel resto, aveva la coscienza tranquilla. Ma lo inquietava il sospetto che il maestro conoscesse le sue intenzioni.

Un altro giorno gli ritoccò quel medesimo tasto: – Ho lasciato su la Pedani, che sta studiando una nuova combinazione col bastone Jager, per le ragazze. È tutta allo studio, lei; non ha distrazioni amorose. Anche perché non trova chi le convenga, forse. Già, anche nell'amore, *similia cum similibus*, lei che sa il latino. Ma dove pescare chi le faccia il paio? Essa disprezza gli uomini di mezza tacca. E se avrà la sbadataggine di legarsi a un di questi... povero lui!

E guardò fisso il segretario. Ma anche questa volta egli si turbò pel timore che il maestro gli leggesse nell'animo, non per le parole che gli disse; le quali, al contrario, acuivano tutti i suoi desideri, e le rimasticava poi, quasi con un senso di voluttà.

Ci fu di peggio, però. Due o tre volte, mentre seguitava la Pedani giù per le scale, egli vide uscir sul pianerottolo lo studente Ginoni, con un viso su cui si leggeva il proposito d'un assalto; e ogni volta, al veder lui, quegli fece un atto di stizza e rientrò in casa. Una mattina lo vide che pedinava alla lontana la maestra, in via San Francesco d'Assisi. E n'ebbe un vero dolore. La gioventù, la grazia e la sfacciataggine di quel biondino gli mettevano lo sgomento nell'anima. E prese a invigilarlo ogni giorno.

Ma il dispiacere più grave l'ebbe dalla moglie del maestro Fassi. Costei lo cercava da vari giorni: lo incontrò una sera sotto il portone, e lo fermò. – Come va il signor Fassi? – domandò lui.

Con la sua voce piagnucolosa, come uscente da un petto

oppresso dal peso delle appendici, essa rispose glorificando, secondo il solito, le grandi occupazioni di suo marito. – È su che lavora, che fa un confronto fra gli stipendi dei maestri di ginnastica della Svezia e quelli dell'Italia. Perché è una vergogna che deve finire. Dire che con gli studi che ci vogliono, i maestri di ginnastica son pagati come impiegatucci, e nemmeno il titolo di professori, che hanno tutti quei che insegnano a scarabocchiare. Quando ci penso, col suo ingegno e con la sua presenza, che altra carriera avrebbe potuto fare! Perché lei non ha un'idea degli studi di quell'uomo. E ancora, che è disturbato in tutte le maniere, da faccende, da visite. C'è quella maestra Pedani che ogni momento è lì, a domandar aiuti e consigli. Mi dica lei, una ragazza giovane, con un uomo ancor nel fiore, se è decente quella libertà; e notando che ci son io: si figuri se non ci fossi! Vada a giudicar le ragazze dall'aria che si dànno. Quella parrebbe la dignità in persona. Già, una signorina che in piena scuola, come fece l'anno passato al corso d'anatomia, col pretesto di non aver inteso, s'alza per domandare al professore: *Signor professore, dov'è il nervo della simpatia?...* è giudicata.

E visto con un rapido sguardo l'effetto che produceva in don Celzani, tirò avanti con l'aria di dir delle cose che non lo riguardassero: – Del resto, ci sarebbe ben altro da dire. Queste maestre giovani che prima di venire a Torino hanno girato per mezza dozzina di comuni... Si sa le avventure delle maestre nei villaggi. C'è una certa storia di una compagnia di bersaglieri, che ha fatto del chiasso. Quello che mi stupisce è che l'abbiano accettata a Torino. Ma certo è che in città la conoscono, e che è iscritta sul *Libro nero*. Basta, il mio parere è che non andrà molto tempo che ne vedremo, o ne sapremo, delle belle.

Dopo di questo, disse male d'altri vicini; ma il segretario non udì altro, e benché diffidasse della sua lingua, quando quella lo lasciò, rimase tutto sconvolto. L'idea d'un brutto passato di quella ragazza gli dava un'amarezza indicibile, una gelosia feroce, una tortura che lo straziava. Quella compagnia di bersaglieri, soprattutto, lo incalzò con le baionette ai fianchi per una settimana. E soffriva di più perché da vari giorni non gli riusciva di vederla, e, smanioso di sapere, di liberarsi da quell'orribile dubbio, non vedeva a chi si potesse rivolgere, non sapeva da che parte battere il capo. Una mattina, finalmente, la incontrò, e una gran parte dei suoi sospetti svanì al primo vederla. No, Dio grande, non era possibile: tutta quanta la sua persona, dalla fronte ai piedi, smentiva la calunnia; tutto quel bel corpo spirava l'alterezza d'una verginità vigorosa, uscita intatta e trionfante da ogni battaglia, come un'armatura fatata. Ma un'ora dopo i sospetti rinacquero, e lo riprese l'affanno di prima.

Ma intervenne un fatto, in quei giorni, che lo spinse a una risoluzione improvvisa.

Incontrato una mattina il maestro Fassi, questi gli disse *ex abrupto*, come continuando un discorso avviato: – Quella Pedani, che spartana! Ho visto dal mio camerino: ci ha là una povera diavola che va a imparare i passi ritmici, e lei le fa lezione con tanto di finestra spalancata, con questa grazia di temperatura! È una sua idea fissa, che bisogna far la ginnastica all'aria viva.

Il segretario fece tra sé un ragionamento rapidissimo: se dal camerino del maestro si vedeva nella camera della Pedani, tanto meglio vi si doveva vedere dall'abbaino del soppalco, posto sopra la finestra del camerino. Appena fu solo, rientrò in fretta in casa, prese la chiave del soppalco, salì a lunghi passi le scale, aperse l'uscio, s'avanzò curvo sotto alle travi basse del tetto, in mezzo alle legna, ai rottami di mobili, ai mucchi di formelle, andò fino all'abbaino, s'arrampicò e si distese quant'era lungo sopra una catasta di fascinotti, sporse il viso nel vuoto, e mise un'esclamazione di piacere. La finestra della camera, che restava nell'altro muro della casa, era spalancata; la Pedani stava col fianco verso la finestra, volta di fronte all'alunna; che non si vedeva. La sua voce sonora di contralto arrivava distintissima fin sul tetto.

– Ma no, – diceva, – in questo modo lei non mi fa il *mezzo passo semplice saltellando*; mi fa un *lungo passo saltellato*. Non c'intendiamo. Rifaccia.

Il segretario sentì il passo dell'alunna invisibile.

– No, – ripeté la maestra, – è ancora troppo esagerato.

Oh la bella voce profonda, calda, vibrante, che avrebbe fatto immaginare un corpo ammirabile anche a chi l'avesse intesa a occhi chiusi!

La Pedani parve scontenta anche della seconda prova, perché scrollò il capo con vigore. E afferrata impazientemente con le due mani la gonnella nera, per scoprire il movimento dei piedi: – Stia attenta! – disse, ed eseguì.

– Dio grande! – gemé il segretario. Egli vide balenare sopra i suoi stivaletti una bianchezza che l'abbarbagliò come un raggio di sole gittatogli negli occhi da uno specchio, e il sangue gli diede un giro come se l'avessero capovolto. Fu un momento solo; ma bastò.

Egli non sentì più gli altri comandi, saltò giù dai fascinotti, si scosse di dosso con le mani tremanti le foglie secche e i fuscelli, e sempre con quella visione biancheggiante negli occhi, riattraversò quasi correndo il soppalco, scese le scale a passi risoluti, e, rientrato in casa e sedutosi a tavolino, si prese il capo fra le mani e raccolse i suoi pensieri. Aveva irrevocabilmente deciso di tentare il colpo supremo con una aperta ed esplicita domanda di matrimonio.

Senonché egli aveva un dovere, a cui sentiva di non poter mancare: quello di rivolgersi prima allo zio, per chiedere la sua approvazione e i suoi consigli; anche per questa ragione, che la domanda fatta col suo consenso, e forse da lui stesso in persona, avrebbe avuto tutt'altra efficacia. La passione lo accecava a tal segno in quel momento, che il consenso di lui non gli si presentava nemmen più come dubbioso. Alla peggio, egli non avrebbe detto un no risoluto, avrebbe titubato, ci avrebbe pensato, gli avrebbe, insomma, dato una speranza, che poi non gli sarebbe più bastato il cuore di togliergli. Preparò dunque il suo discorso, e quando n'ebbe bene in mente il primo periodo e l'orditura generale, in aspetto grave, con una mano nell'altra strette sul petto, si recò nella stanza del commendatore, gli sedette davanti, e, chiesto il permesso di parlare, lentamente, con la voce tremolante, fissando gli occhi sulle ginocchia di lui, gli spiattellò il suo segreto.

Il commendator Celzani era un uomo che non si stupiva di nulla perché dava pochissima importanza alle cose di questo mondo. Ma quando sentì di che si trattava, non poté a meno di alzare dalla poltrona la maestosa testa bianca, per guardar negli occhi il nipote: poi si riabbandonò sulla spalliera, rinvoltandosi nella veste da camera, e stette a sentire il resto, con lo sguardo errante sulle pitture a fresco della volta. Il segretario aveva avuto la fortuna di coglierlo in un momento di ottima disposizione d'animo perché doveva andare quel giorno con un ispettore di Milano a vedere un saggio di ginnastica femminile all'Istituto del Soccorso. D'altra parte, rapito come era quasi sempre nelle delizie d'un mondo fantastico, nel quale era impaziente di rientrare ogni volta ch'era forzato ad uscirne, egli non contradiceva mai nessuno, e riserbandosi a non far nulla poi o tutto il contrario di ciò che gli altri aspettavano, non rifiutava mai né un consenso né una promessa. Quando suo nipote ebbe finito, si guardò prima le unghie nitidissime e poi le pantofole ricamate, e mormorò qualche parola vaga che non era un consentimento esplicito, ma nemmeno una disapprovazione. Voleva dire soltanto che si doveva procedere con cautela. Senza dubbio, la signorina ispirava simpatia e aveva tutto l'aspetto e il contegno d'una persona degna di stima. Ma (e questa era la meta del suo giro di frasi) prima di fare un passo, egli credeva conveniente di procedere alla ricerca d'altre informazioni. E mentre il nipote lo guardava in aria interrogativa ed inquieta, egli, masticando le parole e guardando per aria, buttò là il consiglio di ricorrere al suo amico cavalier Pruzzi, direttore generale delle scuole municipali, il quale, certo, doveva essere al caso di dare dei ragguagli minuti e sicuri intorno a qualunque *soggetto* del personale insegnante. E il consiglio parve eccellente a don Celzani. Il commendatore contò sulle dita, e gli fissò il sabato successivo come il giorno più opportuno: gli sarebbe bastato per presentarsi un suo biglietto di visita. Il cavalier Pruzzi era un uomo, del quale si poteva esser certi che, qualunque resultamento avesse avuto l'affare, avrebbe mantenuto il segreto con la delicatezza più scrupolosa. Detto questo, come se si fosse trattato d'una cosa di secondaria importanza, passò a un altro discorso.

La grande contentezza che ebbe don Celzani di quel mezzo consenso fu profondamente amareggiata nei giorni seguenti dal ridestarsi dei tristi sospetti che gli aveva messo in cuore la signora Fassi; i quali ingrandirono man mano e si fecero così terribili nella sua immaginazione, che, il giorno fissato, egli salì le scale interminabili del Palazzo di Città con l'animo di un malato che va dal medico a udire la sua sentenza di morte. Oltre che, sebbene conoscesse il cavalier Pruzzi come un bonissimo uomo, e fosse conosciuto da lui, gli ripugnava di dovergli confessare la sua passione e i suoi propositi; poiché non avrebbe potuto, senza confessarli, rivolgergli le domande delicate ch'eran necessarie.

Entrò timidamente nel modesto ufficio del direttore, che era una piccola stanza, rischiarata da una finestra sola, con degli scaffali in giro, su cui si vedevano scritti in grandi caratteri i nomi di tutte le scuole di Torino. Il direttore stava coi gomiti sul tavolino e le mani nella parrucca, curvo sopra un mucchio di carte. Al vederlo così piccolo e grasso, con quella buona faccia imberbe e floscia, sulla quale errava perpetuamente il pensiero inquieto della sua *enorme responsabilità*, il segretario riprese un po' d'animo.

Quegli lo ricevette con un viso pien di rughe sorridenti, somigliante a una maschera di terra cotta che si screpolasse. E lo fece sedere davanti a sé, prese il biglietto dello zio, e lo invitò a parlare.

Il segretario fu un po' stupito, esponendogli a parole tentate e confuse lo scopo della sua visita, di non vedergli dare il più piccolo segno di maraviglia. Egli non fece che dondolare il capo e atteggiare il viso a quella espressione particolare di serietà, che vuol dire:

«Signore, in questo momento entro in carica».

Quando don Celzani ebbe finito, si passò una mano sul ciuffetto della parrucca, e disse gravemente: – La cosa è delicata. – Poi domandò nome e cognome della maestra, e a quale sezione appartenesse.

Inteso tutto, si mise le due mani sugli occhi, e stette un po' raccolto in quel modo, come ricercando i connotati fisici e morali della signorina in mezzo a quel piccolo esercito femminile ch'egli portava quasi effigiato viso per viso nella sua memoria lucidissima.

– Eh diamine! – esclamò a un tratto, scoprendo il viso, stupito di non aver ritrovato subito una figura così originale; e squadrò con uno sguardo lento il segretario, come per raffrontare la sua persona con quella di lei. Poi si grattò leggermente la punta del naso con la punta dell'indice. E disse, inchinando un po' il capo: – Mi rallegro... – Ma troppo tardi: don Celzani aveva capito il risultato del raffronto. Non ne fu punto, per altro, e stette aspettando con ansietà.

– Dunque, – cominciò a dire, col fiato corto, il direttore, prendendo sul tavolino un foglietto di carta, che si mise poi a piegare e a ripiegare, senza guardare il segretario, – lei vorrebbe delle informazioni, com'è naturale.... di ordine, come suol dirsi, privato. Ma... non è così facile di dargliene, come lei suppone. Pensi un po', con cinquecento insegnanti..., come si fa a sapere... E poi, un monte di cose per la testa, di sopraccapi, di noie. Giusto, abbiamo un inverno dei più disgraziati, un visibilio d'assenze in tutte le sezioni... Si direbbe che tutte le maestre maritate si son date la parola per accrescere la popolazione in questo mese. Queste benedette famiglie d'insegnanti... quando è malata la maestra, manca anche il maestro, quando è malato il marito, manca la moglie, quando è malato il bimbo, mancano tutti e due. Non parliamo delle signorine, che si raffreddano per un filo d'aria... E poi ci sono gli impedimenti a data fissa. Guardi qui la sezione Savoia, – e mostrò uno stato delle assenze: – è un ospedale. Come vuol fare? Mandar sempre il medico di città ad accertarsi a domicilio... Apriti cielo! Oltre che non è sempre conveniente. Ci dovrebb'essere l'ammenda per ogni assenza abusiva. Ma come si fa? O ci son dei dubbi, o si ascolta il cuore, o si... Le assicuro, caro signor Celzani, che è un affare serio, serio, serio assai. E qui mise fuori un anelito, come dopo una corsa. Il segretario fece un atto rispettoso per richiamare il direttore all'argomento.

– Ah! – disse questi, – lei è qui per le informazioni. Appunto, come le dicevo, si figuri il da fare che c'è a invigilare delle centinaia di signorine, la più parte delle quali son giovani, molte... anche troppe... belline, vivaci, moltissime indipendenti, sparpagliate per una grande città, nei sobborghi, a due, a tre miglia fuor della cinta. Si fa il possibile, certo, come vuole il decoro. Ma, in somma, non possiamo avere un corpo di polizia per i corteggiatori delle maestre. E neppure si possono violare i confini... d'una libertà ragionevole. È una cosa delicatissima. E non può immaginare le denunzie, le vendette coperte, gl'intrighi... Riceviamo dei mucchi di lettere cieche. – E qui gli mancò il fiato un momento – ... Ci son delle personcine che ci fanno disperare, anche senza loro colpa, per colpa di madre natura, che le ha fatte come sono, che attirano gli occhi. E non dico del resto, dei lamenti senza fine che ci piovono dalle famiglie, per una votazione ingiusta, per un rimprovero non meritato, per la scuola troppo fredda o troppo calda, per le tossi, per gli orecchioni, per le malattie d'occhi. E poi, signore offese per una parola, maestre che si credon perseguitate, direttrici... queste benedette direttrici, che son come le madri badesse dei tempi andati... E aggiunga un ginepraio di questioni per ogni esame di concorso, per ogni trasferimento, per ogni distinzione, per ogni castigo... Immagini le difficoltà, mio caro signore, immagini la delicatezza, immagini il tatto che ci vuole.

E fece punto con un sospirone.

– Signor cavaliere, – osservò timidamente il segretario, – le informazioni...

– Vengo alle informazioni, – riprese il direttore. – Certo, sarebbe molto più facile dare informazioni d'un maestro. In questo caso non si tratta che di dire: è un galantuomo o no, è monarchico o è repubblicano, ha o non ha debiti, beve o non beve. Io li ho tutti in mente, domandi pure... Ma come si fa per le maestre? Come si fa? È una cosa complessa, è un argomento... spinoso. Oltreché, anche sapendo, bisogna andare guardinghi. Hanno dei padri, hanno dei fratelli, hanno delle relazioni. Alle volte uno ha compiuto un atto di giustizia, e due giorni dopo trova a una cantonata uno sconosciuto con tanto di barba, che gli pianta due occhiacci in viso... mulinando un randello. C'è anche il risico di qualche brutto tiro. Noti pure che per nulla ricorrono ai giornali. E i giornali, veda, per me, i giornali sono una calamità in queste quistioni, tanto è il male che fanno; i giornali mi fanno paura: io glielo dico francamente, non per me, ma per l'interesse dell'amministrazione e della disciplina, mi fanno paura. Veda che ufficio è questo, caro signore, veda che responsabilità ho sulle spalle, veda che razza di conti ho da rendere al pubblico e alla mia coscienza.

Detto questo, ansando, abbandonò un momento la nuca sulla spalliera del seggiolone.

Un sinistro sospetto passò per l'animo del segretario: che il direttore non volesse parlare per non esser costretto a dirgli delle cose gravissime, di quelle che non si possono né scusare né attenuare. E levandosi in piedi per obbligarlo a dargli il colpo di grazia:

– Insomma, – gli disse con voce commossa, ma risoluta, – mi dica, se sa qualche cosa, qualunque cosa sia. Quali informazioni può darmi della maestra Pedani? Gliele domando schiette e precise, anche in nome di mio zio.

– Ma io... – rispose il direttore, – non so nulla. Una ottima insegnante. Questo glielo posso accertare. Quanto al resto...

Don Celzani fece di tutta la sua persona un punto interrogativo.

– Non c'è nulla da dire, – soggiunse il direttore.... che io sappia. Ci sarebbe... Ma non c'è. Mi spiego: ci sarebbe da dire quello che si può dire d'ogni bella ragazza.... che ha della gente attorno... forse; dei vagheggiatori. Lei m'intende.

Don Celzani gli domandò se sapesse qualche cosa di positivo, s'ella avesse mai dato argomento a censure sulla sua vita privata, se non constasse nulla all'Autorità riguardo alla sua condotta nei comuni rurali dov'era stata.

– Ma se le dico che non so, che non ci consta, – rispose il cavaliere. – Se mi constasse.. rispose il cavaliere – trattandosi, come è il caso, d'un affare grave, e d'un amico, parlerei. Ma non ho tanto in mano... Piuttosto?

– Piuttosto? – domandò il segretario.

– Piuttosto, – continuò il direttore, – io direi, se mi permettesse un consiglio da amico: le informazioni negative dell'autorità contan poco in queste cose, vada per altre vie: cerchi notizie della famiglia, che è lombarda, di Brescia, se non erro; proceda cauto; in questi affari non si va mai troppo a rilento. Anzi...

– Anzi...? – ripeté don Celzani.

– Anzi, – disse il direttore, quasi con un movimento brusco di sincerità, – se ho da dirle aperto l'animo mio... che cosa vuole? una maestra... Le maestre, secondo il mio modo di pensare, dovrebbero esser lasciate a far le maestre. Hanno una missione: si dovrebbero lasciare a quella, come le monache. Ciascuno per la sua via, E poi... non si sa mai certo... Perdoni se le esprimo liberamente il mio pensiero... Ma questo è fuor del discorso. Ripeto: nulla consta, ossia... Ripeto anche... s'informi altrove... e vada con prudenza. Glielo consiglio per il bene che voglio a casa Celzani. E... non ho altro da dire.

Un nuovo sospetto balenò a don Celzani: una manovra segreta dello zio che, per levarsi il fastidio di un rifiuto o la noia di persuaderlo a indugiare, avesse indotto il direttore a tenerlo sulle corde con parole vaghe. Tentò nondimeno un'ultima prova: – Lei conosce la mia situazione, – disse, – può immaginare lo stato... del mio cuore: mi dà la sua parola d'onore che m'ha detto tutto quello che sa?

In quel punto entrò un usciere con un pacco di lettere e di stampe.

– Ma che vuol che le dia la mia parola, – rispose il direttore, rifiatando forte, – con questa farraggine di affari, lei vede, che non ho un minuto di respiro, e non so da che parte rifarmi, Dio buono! Tutto quello che potevo dire... ho cercato di dirglielo... e lei sa che sono affezionato allo zio. A rivederla, dunque, e... segua il mio consiglio.

Poi, per compensarlo, gli disse piano. – Una bella signorina, però! Oh, per questo, una gran bella signorina! – E lo spinse con bel garbo nel corridoio.

In conclusione, al povero don Celzani rimasero coi nuovi dubbi gli antichi timori, e tornò a casa così scontento, afflitto ed ansioso, che non si curò neppure d'andare a render conto della visita al commendatore. E il fatto che questi non gliene chiedesse conto, quella sera stessa, lo confermò nel sospetto ch'egli avesse lavorato sott'acqua a suo danno. E ne rimase sdegnato e angosciato. Ma quella divina bianchezza che aveva visto dall'abbaino gli brillava sempre davanti agli occhi come un focolare di luce elettrica e, a dispetto di tutto e di tutti, il suo amore divampava a quella visione più ostinato e più ardente.

Eppure, con quelle informazioni vacue del direttore, egli capiva bene che lo zio aveva un pretesto più che ragionevole per negargli il consenso che gli bisognava. Egli ne dovette convenire, benché non avesse perso ogni sospetto d'una macchinazione, quando ne parlarono insieme il giorno dopo. E allora, non sapendo a che altro filo attaccarsi, ebbe l'idea arrischiata di confidarsi all'ingegnere Ginoni: l'andò a trovare e gli espose il caso suo, chiedendo consigli. L'ingegnere si maravigliò. Che bisogno c'era d'informazioni? Non si vedevano scritte, e le migliori, sul viso di lei? Per parte sua, egli avrebbe messo la mano sul fuoco. Del resto, sapeva qualche cosa: era bresciana, orfana, figliuola d'un medico militare, morto da molti anni; aveva un fratello, onesto negoziante, stabilito nella Nuova Granata. Queste notizie fecero piacere a don Celzani, – E che altre informazioni vuol chiedere? continuò il Ginoni. – Vuol mandare una circolare a tutti i sindaci dei comuni dov'è stata maestra? Cose da ridere. Una ragazza è sempre un mistero; non c'è che fidarsi al suo viso e all'ispirazione del proprio cuore. Piuttosto... mi dica un po'... segretario amato, a che punto siamo quanto a corrispondenza?

Don Celzani fece un viso così sconfortato, abbassando gli occhi a modo del prete davanti all'altare, che l'ingegnere ne dovette ridere, e n'ebbe pietà ad un tempo. E gli disse: – Senta... e se io mettessi una parolina in suo favore!... Eh?.. Che ne dice?... Si può dare una miglior prova d'amicizia? Se io scrutassi un poco il cuore di lei?

– Scruti... – rispose mestamente il segretario.

– Scruteremo, – disse l'ingegnere, – Chi sa mai! Nel cuore delle donne non ci vede chiaro che l'esaminatore disinteressato. Lasci fare a me e viva allegro.

E si propose di far davvero quel che aveva promesso, non solo per curiosità del caso psicologico, così singolare per la singolarità delle due persone, ma perché da alcuni giorni sospettava che il suo figliuolo, con quella faccia che egli sapeva, fermasse per le scale la maestra; la quale si doveva essere astenuta fino allora dal farne lagnanza a lui, non per altro che per non dargli un dispiacere: gli pareva atto di buona politica paterna il mettere tra il figliuolo e lei un impedimento.

La mattina seguente, uscendo casa, trovò sul pianerottolo

la Pedani, ferma con la sua cameriera, alla quale suggeriva certi esercizi ginnastici per curare i geloni. Il Baumann era stato il primo a trovare che la ginnastica fra i banchi poteva prevenire questo malanno. Essa la sapeva lunga sull'argomento.

Alla vista del padrone, la cameriera rientrò, e quegli fece alla maestra il solito saluto scherzoso: – Abbasso la ginnastica!

Essa rispose con lo stesso tuono: – Abbasso i fautori del linfatismo e della rachitide!

L'ingegnere rise, e s'avviò con lei giù per le scale. Poi le domandò a bassa voce, soffermandosi: – Ma come mai lei può esser così tranquilla mentre c'è dei disgraziati che soffrono morte e passione per causa sua?

Essa lo guardò fisso, e gli domandò: – Chi gliel'ha detto?

– Colui che gliel'ha scritto.

– In tal caso, – disse con indifferenza la maestra, – discorriamo d'altro.

– Come! Nemmeno ne può sentir parlare? – domandò l'ingegnere. – Neppure un senso di pietà? A tal segno indurisce i cuori la ginnastica?

No, essa rispose, non aveva il cuor duro: l'aveva occupato. Era dominata da una sola passione e aveva deciso di consacrarvi tutta la sua gioventù. In ogni caso, non avrebbe legato la sua vita se non ad un uomo che volesse dedicar la propria allo stesso scopo. E disse con semplicità: – Quello che sposerà me, farà della gran ginnastica.

L'ingegnere rise sotto i baffi, e, squadrando la maestra con un'occhiata, disse: – Lo credo. – Poi domandò: – Dunque, il destino dello sventurato è irrevocabilmente deciso?

– Da me, – riprese quella, – non dipende il destino di nessuno. E basta così.

– Amen! – mormorò il Ginoni.

Scesero in silenzio gli ultimi scalini.

– Eppure, – disse l'ingegnere, sotto il portone, – lei ci pensa ancora.

– Oh giusto! – rispose la Pedani, – pensavo a tutt'altra cosa. Pensavo che alle bambine sono concessi troppo pochi movimenti degli arti inferiori. Guardi!

L'ingegnere diede in una risata, e, lasciandola, esclamò: – Abbasso Sparta!

E quella, voltandosi: – Abbasso Sibari! – e infilò il marciapiedi a grandi passi.

Don Celzani fu ferito all'anima dalla risposta, pure un po' raddolcita, che gli riferì l'ingegnere; e non lo confortò punto l'esortazione che questi gli fece a non desistere, ripetendogli il paragone della mina con la miccia lunga, che sarebbe scoppiata più tardi, indubitabilmente. Ricadde allora in uno stato tormentoso e compassionevole. Continuò a spiar la maestra quando scendeva o rientrava, per incontrarla o seguirla, e la disperazione dandogli ora maggior coraggio, le lanciava ogni volta un lungo sguardo indagatore e supplichevole accompagnato da una scappellata di mendicante, che chiedeva un sorriso per amor di Dio. Ella si manteneva sempre la stessa con lui, salutando con garbo, indifferente senza ostentazione, non mostrando d'avvedersi ch'egli s'appostava dietro l'uscio, dietro i pilastri, agli angoli dei muri, in portieria, e che stava fermo un pezzo a contemplarla, dopo ch'era passata. Capiva, peraltro, che la passione del pover'uomo si veniva infiammando ogni giorno di più. Ma v'era a questo una cagione nuova, ch'ella non sospettava. La riputazione di lei andava crescendo. Un suo articolo su Pier Enrico Ling, il fondatore della ginnastica svedese, pubblicato nel *Nuovo Agone*, curioso per l'argomento e per una certa vivacità evidente e brusca di stile, specie nella descrizione degli esercizi sulla *scala a ondulazione* e sulla *spalliera*, era stato riprodotto da un giornale politico di Torino e aveva fatto un certo rumore. Una sera essa tenne una conferenza alla *Filotecnica* sulla istituzione d'una speciale ginnastica curativa per certe deformità dei ragazzi, spiegando, senza presunzione pedantesca, una assai rara conoscenza dell'anatomia; e i giornali ne parlarono, accennando con parole di simpatia alla sua persona, alla sua voce bella e strana, e al suo modo singolare di porgere, con dei gesti vigorosi e composti insieme, che strappavan gli applausi. Tutto questo la faceva molto ricercare per lezioni private, e le venivano a casa delle maestre aspiranti a far dei corsi di ginnastica, non c'essendo corsi aperti alla Palestra in quei mesi, delle ragazze che, avendo dei difetti, non volevano far gli esercizi con l'altre, delle insegnanti già patentate che cercavano spiegazioni ed aiuti. E don Celzani ne incontrava ogni momento per le scale, e sentiva ripetere quel nome con ammirazione da loro e da altri, dentro e fuori di casa. Ora questa celebrità nascente di lei dava un'esca nuova al suo amore, un nuovo stimolo mordente e squisito ai suoi desideri. Egli sentiva una più raffinata voluttà a immaginarsi possessore sicuro di una donna conosciuta e ammirata, pensava che sarebbe stato doppiamente felice nell'oscurità sua, d'averla quando tornava da una conferenza applaudita, di impadronirsi di quelle forme che tanti altri avrebbero carezzate con gli occhi e desiderate; gli pareva anzi che quella felicità gli sarebbe stata tanto più dolce e profonda quanto più egli fosse rimasto piccolo e nullo accanto a lei, nient'altro che marito, a cert'ore, anche dimenticato per tutto il resto della giornata, tenuto come un servitore, uno strumento, un sollazzo, un buon bestione di casa. Ah! Dio grande. E questo gl'infocava il cuore anche più forte: che colla sua zucca soda d'uomo meditativo, non privo di certa finezza pretina, egli aveva letto a fondo nell'indole di lei, e capiva che, quando ella avesse fatto il passo, era donna da rimanergli rigidamente fedele, non foss'altro che pel sentimento della dignità propria e per forza di ragione, per quanto l'avesse tenuto al di sotto di sé in ogni cosa. Ch'egli ci fosse arrivato, soltanto; e poi, che gli sarebbe importato delle canzonature e delle insidie! Sarebbe stato sicuro del fatto suo, avrebbe ben saputo custodire il suo tesoro alla barba del mondo intiero. Se ne rideva delle satire del maestro Fassi!

Giusto, costui continuava a dargli delle bottate ogni volta che l'incontrava, ma con un sentimento nuovo di acrimonia contro la Pedani, la quale, diventando chiara, lasciava lui nell'ombra; oltrediché, occupata in altro, gli restringeva sempre più la collaborazione, di cui aveva bisogno. Egli s'era in quei giorni tirato addosso con gli articoli provocanti dell'*Agone* un nuvolo di nemici. Assalendo tutti gli avversari della ginnastica, aveva detto che i ballerini, non esercitando che gli arti inferiori, avevan delle gambe atletiche ma dei petti di pollo; aveva accusato i maestri di scherma di far ingrossare l'anca e la spalla destra a scapito delle giuste proporzioni di tutto il corpo; se l'era presa coi maestri di pianoforte, dicendoli causa principale della vita troppo sedentaria delle ragazze, e coi bendaggisti, che osteggiavan la ginnastica perché screditava i loro istrumenti di tortura; aveva perfino stuzzicato gli speziali e i droghieri scrivendo che calunniavano «la nuova scienza» perché aveva fatto scemar la vendita dell'olio di merluzzo; e da tutte le parti gli eran venute acerbe risposte, a cui, da sé solo, si trovava imbarazzato a rispondere, e appunto in quella congiuntura difficile la Pedani quasi l'abbandonava. Il Fassi sfogava il suo dispetto col segretario, senza dirne il vero perché, tacciando la maestra d'ambiziosa e d'ingrata, quantunque, per interesse, serbasse ancora con lei le migliori relazioni, e il segretario difendendola, egli diceva peggio.

Un giorno, finalmente, vennero a parole secche. Spingendo il maestro la maldicenza più in là del solito, don Celzani gli rispose risentito: – La signorina Pedani è un'onesta ragazza.

– Poh! – disse il Fassi, – se avessi voluto!

– Ah! non è vero! – esclamò don Celzani indignato.

Quegli stette per rispondere una grossa insolenza; ma il pensiero della pigione ridotta gliene ritenne mezza fra i denti. – Le auguro, – si contentò di dirgli, – di non farne l'esperimento a sue spese.

Il segretario ribatté, si separarono di mal garbo, e d'allora in poi non si salutarono più che freddamente.

Ma anche quella disputa crebbe fuoco al suo amore. Eran dunque tutti d'accordo per calunniarla e per contrastargliela; lo zio, il maestro, sua moglie, il direttore, la Zibelli, mentivano tutti; ebbene, e lui l'avrebbe amata a dispetto di tutti. E l'amava più che mai, di fatti, trovando anzi nella severa eguaglianza della sua condotta verso di lui e perfino in ogni suo atteggiamento o movenza nuova ch'egli scoprisse, una riprova dell'onestà della sua vita. Un altro eccitamento gli si aggiunse. Avendo dei muratori, che rifacevan l'ammattonato del pianerottolo, disteso un'asse sulla parte smossa per servir di ponte agl'inquilini, era per lui una vera voluttà, uscendo di casa a tempo, veder passare su quell'asse la Pedani, e misurar l'incurvatura del legno sotto il suo passo, la quale gli dava, in certo modo, la sensazione indiretta e pure dolcissima del suo peso. E una mattina gli toccò una gran fortuna. L'asse era stata buttata da parte: egli uscì in tempo dall'uscio per rimetterla al posto mentre la maestra stava per passare, e lo fece con un atto violento per far vedere la sua forza. Ella non ne approfittò, superando il passo d'un salto, ma, nel saltare, strisciò col vestito la sua faccia china, producendogli l'effetto d'una sferzata voluttuosa, e lo ringraziò con un sorriso, che lo rese felice per più giorni. Fu una realtà o un'illusione?

Dopo quel giorno, egli credette di veder nei suoi occhi qualche cosa di nuovo, un barlume di benevolenza, che gli parve il principio di un mutamento durevole; e cominciò a scrutar quel viso con ardore insolito, come un astronomo la faccia del sole, ora accertandosi, ora dubitando, tanto il mutamento era leggero. Poteva arrischiarsi a far la sua domanda? Era troppo presto? Ma che altro incoraggiamento c'era da sperare?

Gli venne allora in aiuto l'ingegner Ginoni con una idea luminosa. Incontrandolo una sera in Via San Francesco: – Segretario amato, – gli disse, – se lei è un uomo fino, deve fare una cosa. C'è nelle vetrine del Berry una fotografia del barone Maignolt, quello che vinse a piedi, da Parigi a Versailles, un velocipedista famoso. La signora Pedani è grande ammiratrice del barone. Lei dovrebbe andar a prendere il ritratto e portarglielo. Che ne dice? Vedrà che farà colpo. Ma badi: non basta regalar le fotografie; bisogna emulare i fotografati. Faccia una corsa di resistenza da Torino a Moncalieri, e che ne parli la *Gazzetta del Popolo*: avrà fatto di più che con dieci anni di sospiri.

Don Celzani non disse né sì né no; ma la sera aveva già comprato e rimesso la fotografia alla donna di servizio delle maestre. Egli sperava ben poca cosa da quell'atto. Nondimeno, aspettò la mattina dopo la Pedani, non foss'altro che per ricevere un freddo ringraziamento. Essa discendeva con la Zibelli. Questa, vedendo lui, tirò dritto senza salutare. La Pedani si fermò, e gli disse con vivacità insolita, facendogli il più bel sorriso ch'ei le avesse mai visto: – Ah! Signor segretario, com'è stato gentile! Come ha fatto a indovinare il mio desiderio?

Don Celzani gongolò.

E la maestra gli disse ancora allegramente, andandosene: – Non so come sdebitarmi. Mi comandi, se la posso servire in qualche cosa.

Ah! barbara! Ma don Celzani andò al terzo cielo, e, beato, allucinato, parendogli d'aver fatto un passo gigantesco, giudicò venuto il buon momento. Zio o non zio, informazioni o non informazioni, egli non ci poteva più reggere, doveva far la sua domanda formale al più presto, fin che il ferro era caldo. Solamente era in dubbio se la dovesse fare a voce o per iscritto, e tenne in sospeso la decisione. Frattanto, si mise a elaborare con profonda cura la formula, di cui si sarebbe servito nei due casi... Ma mentre la stava elaborando, fu prevenuto.

Da vari giorni la Zibelli aveva rifatto la pace con l'amica, ed era seguito nella sua vita un mutamento nuovo. Aveva trovato un giorno sotto il portone un giovane maestro di ginnastica, ex sergente del Genio biondo e elegante, ch'essa aveva sentito parlare una volta con molto garbo a un'adunanza della Società della Cassa degl'insegnanti. Egli andava dal maestro Fassi, di cui era amico. Le aveva fatto una grande scappellata e le si era accompagnato su per la scala, parlandole con una particolare espressione di rispetto e di simpatia. S'eran poi ritrovati due giorni dopo in casa del Fassi assente, dove la moglie, visto che si conoscevano, non aveva fatto presentazioni; e come il giovane era maestro all'ergastolo *La Generala*, la loro conversazione aveva preso un certo colore sentimentale, spiegando egli in che maniera fossero cessate in quella casa le risse sanguinose, le ribellioni e altre violenze, per virtù della istituzione della ginnastica, la quale serviva di sfogo all'esuberanza di vita ed all'orgoglio dei forti, diventati sdegnosi, dopo la vittoria pubblica degli esercizi, di opprimere i deboli riconosciuti. E continuando il discorso, le aveva chiesto spiegazioni e consigli, e l'aveva ascoltata con così viva e gentile attenzione, ch'essa n'era rimasta commossa. Da questo, con l'usata prontezza, le era rinata l'illusione d'un amore, e insieme l'allegrezza, la cordialità, l'amicizia; s'era rappattumata con la Pedani, soffocando anche l'invidia, che la incominciava a mordere, delle sue glorie ginnastiche; s'era rifatta buona alla scuola, aveva buttato la cappa nera della pedagogia, nella quale stava rinchiusa da un pezzo, e ricominciato a leggere libri di letteratura e a scrivere perfino dei versi di nascosto, trascurando l'amministrazione della casa, di cui soleva addossarsi tutte le cure. A questa nuova disposizione d'animo dovette la Pedani di esser incaricata, il primo giorno del mese, di portare essa medesima i denari della pigione al segretario; ciò che entrava nelle incombenze della sua amica. Essa ne rimase un po' stupita, appunto perché si trattava d'andare da don Celzani. Ma la Zibelli, benché l'avesse sempre amara con lui, non n'era più gelosa, – Va', – le disse anzi scherzando, dopo averle dato i denari nella busta, – lo farai felice.

La Pedani prese nello scaffale la *Ginnastica medica* dello Schreber, che aveva promesso al cavalier Padalocchi, ed uscì. Sonò all'uscio di questo: il quale la ricevette con molti complimenti, e, preso il libro, le disse di risentire qualche miglioramento dopo che faceva le inspirazioni e le espirazioni, e allora la maestra gli consigliò di provare la rotazione delle braccia, spiegandogli anatomicamente l'azione speciale dell'esercizio ginnastico delle estremità superiori sulle funzioni degli organi del petto.

Mentre ella dava queste spiegazioni, il segretario, solo in casa, seduto a tavolino nello scrittoio del commendatore, stava cercando da un pezzo, con la penna in mano, le frasi più importanti della sua domanda solenne, parlata o scritta che dovesse essere. E dava del capo in difficoltà serie, poiché si trattava di armonizzare bellamente una dichiarazione d'amore appassionato con la gravità d'una richiesta di matrimonio, la quale dimostrasse d'esser stata preceduta da una lunga meditazione e decisa con intera e tranquilla coscienza; e occorreva pure di farci entrare, con molta delicatezza, un cenno delle sue condizioni di fortuna, non dispregevoli, e balenar la speranza d'una futura eredità dello zio, benché questi avesse a Genova e a Milano una falange di nipotini. Egli cercava, scriveva, cancellava, non mai soddisfatto, turbato anche un poco dal pensiero che, essendo il primo del trimestre, sarebbe venuta da lui la Zibelli, ch'era la factotum, a portar la pigione: visita che lo avrebbe messo nell'impiccio, dopo che quella gli aveva levato il saluto. Nondimeno, la prima frase era assicurata oramai, ed immutabile.

Cominciava: *Signorina, vengo a fare un passo decisivo nella vita d'un uomo...*, ed egli finiva appunto di arrotondare il primo periodo, quando il campanello sonò. – Ecco la Zibelli, – disse tra sé, con dispetto, e preparò un viso contegnoso per riceverla.

In quel momento s'affacciò all'uscio la vecchia serva, e disse: – Signor segretario, c'è la maestra Pedani per la pigione.

Don Celzani saltò in piedi, con le fiamme al viso. Non gli riuscì di dire: – Fate entrare; – non poté fare che un gesto.

La Pedani entrò, e la serva richiuse l'uscio.

L'apparizione della maestra gli produsse l'effetto come d'un mutamento improvviso d'ogni cosa intorno a sé: la stanza cambiò luce, i mobili si spostarono, i contorni degli oggetti si confusero, tutto s'alterò ai suoi occhi, come segue ai paurosi nei duelli. Corse qua e là in cerca d'una seggiola, balbettando: – S'accomodi, s'accomodi, – e andò a pigliare la più lontana: la mise accanto al tavolo, gli parve troppo vicina, la scostò, gli parve messa di sbieco, la voltò, accennò a lei di sedersi senza guardarla, sedette lui di traverso, e, presa la busta dalla sua mano, non trovò altro di meglio, per avere il tempo di ricomporsi, che prendere a contare i biglietti con grandissima attenzione, come se sospettasse d'esser truffato.

Poi disse con le labbra tremanti: – Va bene, – e prese un foglio di carta bollata per scrivere la ricevuta.

Ma nel cominciare a scrivere, gli cozzarono con una tal tempesta nel capo la tentazione di cogliere quel momento per far la domanda, e il timore che il momento fosse inopportuno e pericoloso, che invece di scriver sul foglio le parole solite, scrisse: *Signorina, vengo a fare un passo decisivo...*

Se n'accorse, arrossì, stracciò il foglio, ne prese un altro, ricominciò a scrivere, sempre con quella tempesta nel capo; la vista gli si velava, la mano gli ballava, le parole gli sfuggivano, la fronte gli si bagnava di sudore. La maestra lo guardava, tranquilla e seria. Essa non rideva di nulla; non aveva senso comico. S'egli l'avesse osservata in quel punto, non le avrebbe visto negli occhi che una leggera espressione di curiosità compassionevole, come quella con cui si guarda un malato d'alienazione mentale. Quando alla fine riuscì a metter la firma, la sua risoluzione era già presa.

Piegò il foglio, e ritenendolo in mano per trattener lei, s'alzò in piedi, e di rosso si fece pallido. Poi cominciò: – Signorina!...

Che cosa seguì allora nella sua mente? Forse una sincope improvvisa del coraggio, forse il pensiero improvviso che sarebbe stato meglio avviar prima il dialogo sopra un altro argomento, perché la dichiarazione non paresse troppo repentina ed ardita. Fatto sta che invece di dire quello che aveva preparato, mutato tuono tutt'a un tratto, mandando giù la saliva per la gola secca, mormorò umilmente: – Signorina... se ha bisogno di qualche riparazione...

Questa volta alla ragazza sfuggì un sorriso. Rispose di no, tutto era in ordine nel suo quartierino; lo ringraziò della cortesia. E, alzandosi, tese la mano per prendere la ricevuta.

Il momento era giunto: o subito o non più. Il segretario tirò indietro il foglio, e rinunziando a dir le parole preparate perché la confusione non gliele lasciava ritrovare, si slanciò con disperato coraggio contro al pericolo.

– Signorina! – ripeté...

Accade qualche volta anche ai non timidi, quando parlan dominati da una forte commozione, e tanto più se in una lingua che non hanno familiare, che il loro linguaggio, il tuono, il gesto, tutto devia involontariamente dal sentimento che vogliono esprimere, in modo che mentre questo è sincero, semplice, umile, l'espressione esce enfatica, tormentata, predicatoria, stonata, falsa, come se un altro parlasse in luogo loro, senza comprenderli, e quasi col proposito di farli fallire al loro scopo. Questo avvenne al povero don Celzani.

Battendosi una mano sul petto, gonfiando troppo la voce, facendo la ruota con lo sguardo intorno alla maestra come per seguire il volo circolare d'una farfalla, e movendo in cento modi strani le grosse labbra come se le avesse intorpidite dal freddo:

– Signorina! – declamò. – Io ho una cosa da dirle. Mi permetta. Mi perdoni. So che questo non è il luogo. Ma vi sono dei momenti, vi sono dei sentimenti, nei quali l'uomo onesto, quando è un affetto onesto, sia pure davanti a Dio, è impossibile, tutto si deve dire, tutto si può scusare, è un dovere lasciar dire. Io già mi sono spiegato. Lei conosce il mio sentimento. Mai, mai fu leggerezza, fin dal primo giorno. Mai. Sempre ho coltivato quel pensiero. Giammai nella mia coscienza, se ho ardito, Dio m'é testimonio, la più pura intenzione, il più sacrosanto scopo, l'affezione di tutta la vita, se anche non l'ho scritto, eccomi a dirlo, signorina. La sua mano!... Forse non è il modo; ma parlo a un'anima bella. Il frutto è maturo. Meditai. È un galantuomo che parla. Concorde è lo zio. Creda a questo cuore. Non è più vita la mia. Non domando che la sua mano. Una sola parola! Pronuncia la mia sentenza.

(*Pronuncia* fu un *lapsus linguae*).

Detto questo, ansando, piantò gli occhi dilatati in viso alla maestra, con un'espressione quasi di terrore. La maestra, che aveva sorriso alle prime parole e ascoltato con serietà le ultime, corrugò la fronte quando egli ebbe finito, suffusa d'un leggero rossore, che sparve subito. Poi, fissando lo sguardo sopra un almanacco appeso alla parete, con una intonazione naturalissima che faceva un curioso contrasto a quella del segretario, e con una voce che, abbassandosi, diventava baritonale: – Veda, signor segretario, – rispose, – Io non so trovar giri di parole per dir certe cose... come si dovrebbero dire. Dico franco il mio pensiero. Lei perdonerà. Non ho che a ringraziarla delle sue buone intenzioni. Anzi, mi tengo onorata. Ma...se avessi avuto un'idea, l'avrei manifestata subito, dopo la sua lettera, perché avevo capito quel che c'era sottinteso. Le dico che mi tengo onorata, sinceramente. Però, ecco la cosa: davvero io non ho vocazione pel matrimonio. Per le mie occupazioni ho bisogno d'esser libera; ho deciso d'esser libera. E poi.... ho ventisette anni: se avessi avuto altre inclinazioni, le avrei secondate da un pezzo. Cosìcché... Insomma, io non so trovar delle frasi. Mi rincresce, la ringrazio: ecco tutto. Favorisca la ricevuta.

A quelle parole l'amore trafitto urlò, e la naturalezza gli venne.

– Ah no, signorina, no! – esclamò don Celzani agitandosi. – Lei dice così perché non sa. Non sono come gli altri, io; cosa crede? Io le voglio bene sul serio, è un pezzo che peno, non vedo altro, io: come si fa? Dice: voglio esser libera. Che m'importa, a me? Non sarei mica un padrone. Ah, lei non mi capisce: io sarei il suo servitore, non pretenderei nulla, non son niente, starei sotto i suoi piedi, sarei troppo felice, matto! Lei non mi conosce, come sono, che mi fa perder la testa, che le darei il mio sangue e la salute dell'anima... Dio grande! Non mi dica di no! Abbia misericordia d'un galantuomo!

E ciò dicendo allargò le braccia e si chinò davanti a lei, sollevando il viso supplichevole, come il Sant'Antonio del Murillo davanti al Bambino.

La maestra, maravigliata di tanto calore di passione in quell'uomo, lo guardò un momento, diede un'occhiata all'uscio, e lo tornò a guardare, con una vaga espressione di rammarico. Pareva che pensasse: «Peccato ch'egli non sia un altro!» – Ma capì subito che il suo silenzio poteva essere male interpretato, e s'affrettò a dire, col tuono più amichevole che le fu possibile:

– Basta così, signor Celzani. Io le ho già detto il mio sentimento. Lei ha buon cuore. Troverà un'altra che corrisponderà al suo affetto, come merita. Lei s'inganna sul conto mio: io non sono come forse s'immagina. Io non son tenera. Ho il cuore d'un uomo, io. Non sarei una buona moglie. Veda che son sincera. Si faccia una ragione... e mi dia il foglio. Non è conveniente che mi fermi un momento di più.

Don Celzani restò lì come pietrificato. Ma il terrore di rimaner solo in casa, con la disperazione di quel rifiuto nel cuore, lo riscosse subito, e gli fece fare un ultimo tentativo sconsolato di preghiera:

– Pigli tempo a rispondere, almeno! Ci pensi ancora! Non mi dica di no per sempre!

La Pedani fu presa da un principio d'impazienza, e facendo un passo avanti, allungò la mano per pigliar la ricevuta. Per istinto il segretario le afferrò la mano, e fu come una vertigine: cadde ginocchioni d'un colpo e, accecato, supplicando, s'avviticchiò furiosamente alle ginocchia di lei, strofinando il viso convulso contro la sua veste. Fu un baleno però: due mani gagliarde sciolsero le sue dita incrocicchiate, e con una spinta virilmente impetuosa lo misero in piedi d'un balzo, sbalordito.

– Signor Celzani, – disse severamente la maestra, ma con accento più di fastidio, che di sdegno, – queste cose con me non si fanno. – E soggiunse dopo una pausa: – Sia detto una volta per sempre.

Ma il segretario quasi non sentì. Il dolore immenso del rifiuto, la vergogna, il terrore dell'avvenire erano per un momento soffocati in lui dalla sensazione profonda e violenta di quell'abbraccio, rivelatore misterioso di tesori che superavano le sue fantasie, e che gli lasciavano come lo stupore d'un contatto sovrumano.

Si risentì vedendo la Pedani avvicinarsi all'uscio e a passi vacillanti e impetuosi la raggiunse; ma si fermò a un passo da lei. Essa aveva già la mano sulla maniglia dell'uscio: la ritirò guardando lui con un sorriso d'indulgenza, e poi gliela porse con un atto rigoroso di camerata, per togliere a quella concessione ogni senso di tenerezza. Il segretario capì, e le diede la sua, morta.

Essa si rifece seria, e disse: – Siamo intesi, dunque... Mai più.

Egli ripeté macchinalmente, come uno stupido. – Mai più.

E non l'accompagnò. Attraversando l'anticamera, la maestra sentì un lamento lungo e sordo, come un gemito soffocato tra i pugni, e uno strepito precipitoso di piedi, simile allo scalpitio d'un giumento imbizzarrito; e uscì scrollando il capo, pietosamente.

Dopo quel giorno don Celzani fu un altro. Non aspettò più la maestra per le scale, si mise a fumare dei sigari Virginia, bazzicò il vicino caffè del Monviso, frequentò il teatro Alfieri, prese un'andatura più disinvolta, si diede alla sua opera di segretario con una operosità non mai veduta, come se le proprietà del commendatore si fossero triplicate tutt'a un tratto, e spinse la bizzarria fino a cambiare il suo eterno cravattino di seta nera con una cravatta di color turchino, che gli dava un'aria addirittura baldanzosa. Tutti gli inquilini notarono quella trasformazione. Lo sentivano qualche volta solfeggiare per le scale, lo vedevan salire o scender a piccoli salti, lo incontravano per la strada in compagnia di giovani della sua età, coi quali non l'avevano mai visto, gesticolante, con una faccia nuova, con mosse e impostature di prete spretato, che volesse dissimulare il suo carattere antico. Il solo ingegner Ginoni conobbe il perché di quel mutamento, e se ne prese spasso: diceva al segretario, incontrandolo:

Cadde l'incanto, e a terra sparso è il giogo;

oppure:

Al fin respiro, o Nice,

Bravo segretario!

E questi gli rispondeva con un gesto comico, come per dire: – Tutto è passato. – E così durò per tutto il mese di marzo.

Dopo di che... ricadde più perdutamente innamorato di prima.

Ma come si fa, *Dio grande!* Ai primi giorni della nuova stagione la Pedani aveva messo su un vestito di lanetta color marrone, guernito con una straliciatura di seta nera, semplicissimo, una miseria che poteva costar trenta lire con la fattura, e che aveva fors'anche dei difetti di taglio; ma la sarta vera e maravigliosa era la persona che lo riempiva e lo tirava, informandolo ai più seducenti contorni che avesse mai trovato uno scultore di Dee. V'erano adesso delle giornate, quando essa tornava dalla ginnastica, delle ore in cui l'aria, il sole, l'esercizio fatto mettevano nella sua carne come uno splendore caldo di giovinezza matura, la freschezza d'un corpo di nuotatrice uscita allora dall'acqua, qualche cosa che si effondeva intorno come la fragranza inebriante d'un albero in fiore. E passando accanto a don Celzani a passi svelti gli diceva: – Buon giorno – con una nota d'oboe, spiccata e profonda, che pareva un grido involontario di voluttà, troncato a mezzo. Il povero don Celzani resistette a tre o quattro di questi incontri, poi perdette la testa: lasciò il caffè Monviso, il teatro, gli amici, i sigari Virginia, le corse per Torino, e i baldi atteggiamenti; e della sua audace ribellione d'un mese non gli rimase altro segno che la cravatta turchina.

Ma durante quel mese aveva meditato, e frutto delle sue meditazioni fu che, entrando nel nuovo periodo, cambiò di tattica amorosa, si sforzò di dare alla sua passione l'apparenza d'una tranquilla amicizia. Non più appostamenti, non più sguardi supplichevoli, né saluti trepidanti, né silenzi d'adoratore. Egli fermava la maestra su per le scale e le si accompagnava, attaccando discorso a qualunque proposito, ragionando del tempo, degli orari scolastici, d'una riparazione da farsi, d'un inquilino, d'una bazzecola, pur di parlare e d'intrattenerla, di abituarla alla sua compagnia, di persuaderla bene ch'essa poteva star con lui d'ora innanzi senza che egli ricadesse nelle dichiarazioni passate. E vi riuscì. Essa sospettava bensì confusamente che sotto quel novo contegno si nascondesse un pensiero, un proponimento lontano; ma, insomma, s'era quetato, e gli si poteva discorrere, tanto più che, levato da quel suo matto amore, era una persona educata e un buon diavolo, che non le spiaceva. In tal modo s'incominciò a stabilir fra loro una certa familiarità.

E questo avvenne più agevolmente per effetto d'una nuova dichiarazione di guerra della maestra Zibelli, che lasciava da capo uscir sola la sua amica. Era seguito questo lepido caso: che le due amiche essendosi incontrate, per la prima volta tutt'e due insieme, in Piazza Solferino, col maestro biondo della *Generala*, il quale le aveva fermate, s'era dopo poche parole chiarito l'equivoco, che quegli aveva fino allora scambiato la Zibelli con la Pedani, conosciuta da lui soltanto di fama e ammirata per i suoi articoli; e la Zibelli aveva visto rivolgere immediatamente all'altra, ma raddoppiati, gli ossequi e l'ammirazione di cui era stata essa prima l'oggetto. Messa sottosopra da questa scoperta, dopo aver passato dei giorni orribili, astiando l'amica dalla mattina alla sera, s'era data con grande ardore alla religione, andava in chiesa ogni mattina, aveva stretto amicizia con le signore divote del primo piano, messo un velo nero sul viso, voluto far di magro il venerdì e il sabato, e dedicato tutti i suoi ritagli di tempo a libri ascetici, che leggeva forte anche di notte. Con questo si rincrudì pure in quei giorni, a cagione d'un avvenimento straordinario, la gelosia ch'essa cominciava a sentire da un po' di tempo dei trionfi ginnastico-letterari della sua nemica. Era allora a Torino il ministro dell'istruzione pubblica, Guido Baccelli. Egli capitò una mattina inaspettato, col sindaco e con l'assessore, seguito da un folto corteo, alla scuola Margherita, mentre la Pedani faceva la lezione di ginnastica. Un'altra avrebbe perso la bussola. Essa non si turbò e, schierate tutte le sue allieve, fece eseguire i passi ritmici con una tal varietà, precisione e vigoria di comandi, che, un po' per questo e un po' per effetto della sua bella persona, il ministro le prodigò i più caldi elogi, intavolando con lei una conversazione su metodi ginnastici inglesi, della quale uscì anche più ammirato che degli esercizi. Il fatto fu riferito dai giornali, che stamparono il suo nome, e fu una gloria. E non ne ingelosì soltanto la Zibelli: il maestro Fassi andò in bestia. In quei giorni appunto la Pedani era anche stata nominata maestra di ginnastica delle monache Vincenzine del Cottolengo. Una successione così inaudita di fortune cominciava a non esser più comportabile, né si poteva spiegare che con qualche protezione segreta. Ora il maestro si ficcò in capo che chi le faceva aver tutti quei favori fosse il commendator Celzani, per sollecitazione del nipote. E non poté trattenersi dal fare uno sfogo con costui.

– È una vergogna, – gli disse un giorno senza preamboli, – che mentre ci sono dei professori di ginnastica che sudano da vent'anni agli studi senza aver mai potuto ottenere un favore, e neppure il compenso della notorietà, ci sia chi si fa largo e ottiene tutti gli onori per la sola virtù della gonnella. È un mercimonio schifoso, che denunzierò per le stampe.

Il segretario finse di non capire. Ma quella finzione non fece che riaffermare il maestro nella sua idea, tanto che, pur conservando per interesse un'apparenza d'amicizia con la Pedani, egli tolse a lui il saluto, e sua moglie fece lo stesso. E così eran già tre, che, per causa della maestra, gli avevan dichiarato la guerra.

Ma don Celzani, ostinato e intrepido, continuava a colorire il suo disegno, cercando di guadagnarsi la buona amicizia di lei. Le fece un giorno un vero piacere portandole un numero del *Ginnasta triestino*, venutogli a mano per caso, che conteneva un articolo sulla *danza pirrica*. Le portò un'altra volta un numero della *Tribuna*, che riceveva lo zio, nella quale era riferita la risposta negativa data dall'ufficio d'igiene del municipio di Roma a tutte le direzioni delle scuole, che l'avevano interrogato intorno alla maggiore o minor convenienza di tener gli alunni nella posizione di *braccia conserte*. La maestra gradì molto l'offerta, dicendo che aveva già trattato l'argomento in un articolo. Ma il segretario le preparava ben altre sorprese. Era tentato da un po' di tempo d'intavolare con lei certi discorsi, ai quali s'andava apparecchiando; ma non osava. Un giorno osò. Avendogli essa detto che frequentava un corso d'anatomia, egli le rispose timidamente: – L'anatomia... Lei fa bene, perché, senza quello studio, non si può conoscere il valore... fisiologico dei singoli esercizi, e, senza di questo, gli esercizi non si possono classificare... fisiologicamente, che è l'ordine più utile.

La maestra lo guardò con stupore, e approvò. Era un primo passo. Un altro giorno si fece anche più animo e le domandò che cosa pensasse sulla quistione degli attrezzi.

Anche questa domanda la stupì gradevolmente. E gli rispose: non stava con coloro che ne volevano abusare, mirando a convertire le palestre in circhi acrobatici, ciò che spaventava le famiglie, ed era veramente un pericolo; ma dava torto anche agli esageratori della parte opposta, che li volevano addirittura abolire. Dove si sarebbe andati per quella via? A una ginnastica bambinesca, con cui non sarebbe stata punto educata nei fanciulli quella facoltà speciale, che è il *coraggio fisico*, a tutti necessaria; senza la quale non si riesce più tardi in nessun esercizio civile e arrischiato, se non a prezzo di sforzi penosi e di figure ridicole.

Don Celzani approvò con ripetuti cenni del capo. – Sono persuaso anch'io – disse, cercando le parole, – che l'intero sviluppo di tutte le membra non si può ottenere se non con l'aiuto degli attrezzi. Si posson lasciare da parte quelli di cui si può contestare l'utilità; ma quelli che hanno un'utilità... antropologica dimostrata, secondo me, sono indispensabili.

– Alla buon'ora! – esclamò la maestra, guardandolo con

curiosità. – E non è di parere che riguardo al numero e al modo degli attrezzi sarebbe bene di lasciar libero ogni insegnante di seguire il proprio genio e la propria persuasione?

– Non ci può esser dubbio, – rispose don Celzani, con gravità. – Se non si fa questo, si toglie all'insegnante ogni incoraggiamento a studiare per farsi delle combinazioni da sé in ordine alle varie classificazioni; – e le contò sulla punta delle dita, – ... anatomica, pedagogica, collettiva, individuale, e via dicendo; e allora chi farebbe più esperienze e ricerche?....

La maestra tornò a guardarlo con maraviglia e con piacere ad un tempo. E punta da maggior curiosità, soffermandosi per la scala: – Quali sarebbero, – gli domandò, – gli attrezzi che lei giudicherebbe indispensabili?

– Gli attrezzi che io giudicherei indispensabili, – rispose don Celzani col tono d'un ragazzo catechizzato, rimettendosi a contar sulle dita, – sarebbero... le pertiche d'ascensione... la trave d'equilibrio, non troppo elevata da terra, che è inutile... la sbarra fissa... s'intende le parallele e il piano inclinato... Tutt'al più, lascerei da parte qualche esercizio... *l'altalena di salvataggio*, per esempio.

– Come? – domandò con vivacità la maestra, – anche lei è di quelli che trovan pericolosa l'altalena di salvataggio?

– No, ho sbagliato, – rispose il segretario, – l'altalena di salvataggio, veramente, si dovrebbe lasciare. Infatti, che pericolo c'è?... Qualche piccolo storcimento, alla peggio. Siamo d'accordo anche su questo.

– Siamo dunque d'accordo su tutto! – esclamò la maestra, soddisfatta. – Dico bene, che non si può aver buon senso e pensarla altrimenti. – Poi, ripresa dalla curiosità, mentre eran già sotto il portone, gli domandò con un sorriso singolare: – È un pezzo che s'è dedicato a questi studi?

Il segretario arrossì e fece un gesto indeterminato, senza dir nulla. Ma dopo quel giorno ritornò sull'argomento ad ogni incontro. Il commendatore possedeva dei libri di ginnastica, avuti in dono dagli autori, durante il suo vice-assessorato dell'istruzione pubblica, dei pacchi di numeri del *Ginnasta aretino*, che gli aveva mandato anni addietro un amico toscano: don Celzani leggeva ogni cosa, per prepararsi certe domande e certe risposte, e così poteva sostener la conversazione. Aveva finalmente trovato il gancio e ammirava la perspicacia dell'ingegnere. Ora, quand'eran su quei discorsi, la maestra si soffermava ogni quattro scalini, ed egli aveva così un agio delizioso di ammirarla, come non l'aveva mai avuto, e imparava a memoria tutte le pieghe, tutti i bottoni, tutte le fettucce di quel terribile vestito color marrone; scopriva dei piccoli movimenti abituali di lei, che non aveva mai osservati, studiava i suoi denti bianchi uno per uno, faceva con l'occhio dei veri viaggi d'esplorazione intorno alle sue forme, così profondamente assorto alle volte in quelle indagini amorose, che dimenticava di rispondere, o rispondeva a casaccio. Senonchè, in questo gioco, egli perdette ben presto quella padronanza di sè, che era necessaria ai suoi fini. A poco a poco, cominciò a pensare che fosse rivolta a lui la simpatia che essa mostrava per l'argomento delle loro conversazioni; gli pareva d'esser salutato, guardato, ascoltato in tutt'altro modo da quello di prima; risentiva dei fremiti sotto lo sguardo ch'ella gli fissava negli occhi, nell'esporgli le sue ragioni; fu due o tre volte sul punto di tradirsi, di afferrare il suo bel braccio per aria, quando accennava un movimento alla trave di sospensione. Si contenne, però. Ma prese tanto coraggio da decidersi a una nuova prova, più accortamente preparata dell'altra, da tentare il primo giorno di maggio, quando ella fosse tornata in casa sua a portar la pigione. Credeva che questa volta non gli avrebbe più potuto dare una ripulsa assoluta. Un legame c'era fra loro. L'idea che, sposando lui, ella avrebbe avuto un conlocutore intelligente per le sue conversazioni predilette, uno specchio riflettore perpetuo della sua passione dominante, una specie di segretario intellettuale, gli pareva che dovesse avere un gran peso sulla sua determinazione. Ed egli aveva in serbo, per darle l'ultima spinta, la rivelazione d'un piccolo secreto, che, per certa vergogna, teneva gelosamente nascosto, da un po' di tempo, a tutta la casa.

Ma, ahimè! non era più un segreto per tutti. Il giorno prima di quello fissato da lui per far la sua terza dichiarazione, lo studente Ginoni, entrando in casa all'ora di desinare, diede una notizia che fece prorompere tutti in una risata.

– *Papà*, – disse, incrociando le braccia sul petto, – ne vuoi sapere una incredibile?... Don Celzani va alla Palestra!

Ma alla risata succedettero esclamazioni d'incredulità. Eppure, egli l'aveva visto entrare alla Palestra, sul corso Umberto, all'ora dell'entrata degli altri soci. Non c'era ombra di dubbio.

Le speranze fondate da don Celzani sul primo di maggio furono mandate a monte da un avvenimento imprevisto. Il commendatore, che, per scansar le visite dei suoi pigionali, soleva ogni primo del mese passar la giornata di fuori, stette in casa quel giorno, ribadito come sempre sulla sua poltrona, come se li aspettasse. Don Celzani, che aveva fatto tutti gli apparecchi per l'assalto, n'ebbe una stizza da addentarsi le mani. Sperò fino alle undici ch'egli si decidesse ad andarsene; poi perdette ogni speranza, e prese a girar per le camere col diavolo in corpo. Ma un pensiero consolante gli balenò a un certo punto: che lo zio avesse curiosità di veder un po' da vicino la Pedani, e di discorrer con lei, poiché non eran corsi fra loro che dei saluti di scala; e che questo fosse un indizio di buone intenzioni. Dopo la visita al direttore, lo zio non gli aveva più parlato dell'affare; ma don Celzani capiva che egli non ignorava la persistenza risoluta della sua passione. Chi sa! Forse egli aveva davvero quel disegno. E allora il suo dispetto si cangiò in impazienza. Sarebbe venuta come l'altra volta al tocco e mezzo. Al tocco, il commendatore era seduto nello scrittoio, con la maestosa testa bianca abbandonata sulla spalliera della poltrona, e gli occhi azzurri al soffitto. Fosse politica o altro, quando la serva annunziò la Pedani, egli fece l'atto di andarsene e di cedere il posto al nipote: poi cambiò idea.

La maestra entrò, e parve che non le spiacesse di trovar là il padrone di casa, forse perché questi rendeva impossibile una nuova dichiarazione ch'essa temeva.

Il commendatore era coi suoi pigionali d'una rara compitezza, e usava col bel sesso delle forme straordinariamente rispettose e dignitose. S'alzò, s'inchinò con gli occhi chiusi davanti alla ragazza, e, rimettendosi a sedere, insistè perché sedesse lei pure. Il segretario prese i denari e scrisse la ricevuta con le mani malferme, lanciando continui sguardi di sotto in su a tutti e due. Era preso da una commozione di ragazzo, come se la Pedani avesse fatto la sua prima entrata nella famiglia, e si dovesse concludere il matrimonio in quella seduta.

– Ebbene, signorina, – domandò il commendatore con dignità, temperata da un sorriso cerimonioso, quando il segretario ebbe rimesso il foglio alla maestra, – come va la ginnastica?

Era evidente che voleva farla parlar lungamente. La maestra rispose che era sempre alle stesse: una quantità di pregiudizi da vincere nei parenti delle alunne, e anche nelle autorità; per il che gl'insegnanti dovevan sostenere una lotta continua, a scapito, s'intende, dell'insegnamento.

– Nella ginnastica femminile sopra tutto, – disse il commendatore, gravemente.

– Nella femminile sopra tutto, – ripete la Pedani, animandosi, – per un mondo di riguardi... non fondati. Ella lo saprà. Io non dico che si possa subito, con le idee di adesso, attuare il concetto dei baumannisti avanzati, di non fare alcuna differenza fra la ginnastica maschile e la femminile. Ma al punto a cui si vuol ridurre questa... è veramente troppo.

Il commendatore fece un cenno d'assenso con le palpebre. Il male, secondo lui, era che s'insegnava la ginnastica per dar saggi negli spettacoli e nelle occasioni di visite ufficiali: per questo si andava all'eccesso nella compassatura e nella riservatezza dei movimenti.

– Non è vero? – domandò la maestra con vivacità. – È quello che io dico sempre. – E, inferverandosi nel discorso, dimentica affatto o incredula di quello che l'ingegnere le aveva detto, con l'ingenuità d'una monomane, premette il tasto prediletto dell'ex assessore. – Dicono: le ragazze non debbono fare i movimenti che fanno i maschi. Ma io rispondo: o quei movimenti sono igienici o non lo sono. Se lo sono, come si possono omettere per dei riguardi che non si appoggiano sopra alcuna ragione seria? Perché il punto è questo. Le ragazze non hanno da far ginnastica che davanti alle loro maestre o alle loro madri. Dunque, soppressi gli spettacoli che guastan tutto, è rimossa ogni difficoltà.

Il commendatore approvò. Veramente, secondo la sua idea, gli spettacoli andavan lasciati stare; ma non lo disse. Si restrinse a fare un'osservazione generale sul grande bisogno che v'era, specialmente per le ragazze, d'una ginnastica più energica, più conforme a quella ch'era in voga in Germania. La generazione nuova, a suo giudizio, lasciava molto a desiderare.

Aveva toccato la corda più viva della maestra.

– Se lascia a desiderare! – esclamò questa. – E ancora che lei, signor commendatore, non è al caso di farsene un'idea precisa. Ma noi che le vediamo bene le nostre ragazze, che abbiamo il dovere di esaminarle, di tastarle, noi tocchiamo con mano l'assoluta necessità che lei dice. Se lei potesse vedere...

Il commendatore socchiuse gli occhi e prestò una profonda attenzione.

– Se lei vedesse, – continuò la maestra, – che povero sangue! Non dico di quelle che hanno dei veri difetti d'organismo. Ma ce n'è un gran numero che hanno una costituzione abbastanza buona, senza alcun vizio organico, nè alcuna infermità spiegata; eppure metton pietà. Sono cresciute in fretta, ma s'è soltanto allungato lo scheletro: il sistema muscolare non si è svolto in proporzione. Non hanno spalle, nè braccia, nè petto. Non è il caso davvero di temer le pressioni... sul davanti, come temon le mamme. Per il più piccolo sforzo sono anelanti, sudano; ce n'è che svengono. Paion bambine uscite di malattia. Fa dispetto vedersi metter delle restrizioni monacali all'insegnamento per ragazze simili, che non dovrebbero far altro che ginnastica dalla mattina alla sera!

– Quali restrizioni le son poste, generalmente? – domandò il commendatore, guardandosi le unghie.

– Ma!... d'ogni specie, – rispose la Pedani. – Vogliono ristrettissimo l'esercizio d'abduzione e sollevazione delle gambe e... che so io. Poi, alle parallele e al volteggio, e anche alla sbarra fissa, nessuno degli esercizi in cui sia necessario sollevare gli arti inferiori... Per le grandicelle, non salita alla corda, nè alla pertica. Domando io! – E tirò avanti.

Il commendatore ascoltava, con gli occhi azzurri fissi alla vôlta, come immerso in una contemplazione celeste, movendo lentamente il capo in segno d'assenso.

– E con questo, – continuò la maestra, – ciò che ci appassiona sempre più per le nostre idee, è il vedere che progressi si ottengono anche con quel poco che ci è permesso. Lei non può credere il mutamento che si nota dopo un mese di ginnastica nelle ragazze dai dodici anni in su, e tanto più in quelle che son magre e anemiche per malattie sofferte nell'infanzia o per linfatismo acquisito. In un mese, si allarga il rossore delle guance, che era soltanto un cerchietto, le braccia s'arrotondano, il dorso si raddrizza, i muscoli si rilevano... Alle volte, a guardarle di dietro, non si riconoscono più, paiono donnine fatte, hanno acquistato quella eleganza e sveltezza dei movimenti, che formano la vera bellezza estetica; specialmente negli arti inferiori... uno sviluppo da far rimanere sbalorditi. È veramente una cosa consolante.

Sì, era consolante anche per il commendatore, che seguitava il corso dei suoi pensieri. E fece una domanda che parve scaturire da una profonda meditazione.

– Oltre a questo, – disse, – ella avrà anche delle particolari soddisfazioni da quelle poche che hanno per la ginnastica un'attitudine fisica eccezionale e un ardore eguale al suo; perché, sopra un gran numero, ce n'ha da essere, sicuramente. – E, socchiusi gli occhi, tornò a fissarli in alto, come per assaporar la risposta.

– Ah, questo sì! – rispose la maestra eccitandosi. Ce ne sono! Ed io, oramai, le conosco alla prima occhiata, la prima volta che si presentano, che non è poi tanto facile. Perché non son mica sempre quelle più asciutte e d'apparenza più svelte, che hanno le migliori attitudini. Queste derivano dalla struttura più o meno armonica delle membra. Ci sono delle grasse, per esempio, che si crederebbero pesanti e impacciate, e hanno invece una agilità, un'elasticità da fare stupire. Bisognerebbe che il signor commendatore potesse vedere, nelle ore di ricreazione, alle *Figlie dei militari...*

Il commendatore chiuse gli occhi.

– Perchè, – seguitò la maestra, – il regolamento della

ginnastica può restringere i movimenti fin che vuole; ma poi, fuor della lezione, le più brave fanno quello che vogliono. Ce n'ho una dozzina, a San Domenico, tra i quattordici e i diciotto anni, che potrebbero dar spettacolo in un teatro, delle vere acrobate, che fanno dei giri sulla sbarra fissa, da dar le vertigini, dei salti con la pedana d'un metro e mezzo d'altezza, dei volteggi... – E soggiunse con un sorriso: – Fortuna che non c'è spettatori. Ma le dico delle braccia e delle gambe d'acciaio, dei vitini che scattano come molle: una bellezza, le assicuro. E dire che si potrebbero ridurre tutte così!... Sarebbe una benedizione!

Sì, sarebbe stata una benedizione; il commendatore n'era persuaso più di chi che sia. E dopo una breve meditazione, riscotendosi tutt'a un tratto, disse il suo pensiero: – Speriamo, signora maestra, che a poco a poco ci si verrà. Le buone idee finiscono sempre con vincere. Intanto, le resistenze cedono da tutte le parti. E lei prosegua con costanza il suo apostolato, che fa un'opera santa per il bene delle nostre povere bambine: gliene dobbiamo tutti esser grati.

La maestra s'alzò, ringraziando; s'alzò egli pure, e, prevenendo il nipote, l'accompagnò garbatamente fino all'uscio, dove le fece un inchino profondo.

Il segretario, che per tutto quel tempo era rimasto in piedi in disparte, immobile, non perdendo una sillaba della conversazione, e spiando a vicenda i due visi, gongolava al pensiero che la maestra doveva aver fatto allo zio un'eccellente impressione.

Questi, ritornato indietro, si fermò in mezzo alla stanza, e passandosi una mano sulla canizie maestosa, disse con accento paterno, quasi parlando tra sè: – Una simpatica signorina!

E rimase come assorto nel suo pensiero.

– Dunque, – domandò trepidando don Celzani, – lei non

avrebbe più da fare alcuna obiezione?

Lo zio parve che non capisse subito quello che voleva dire. Poi, quando capì, rispose trascuratamente:

– Per me... nessuna. Solamente, – soggiunse, guardando il nipote da capo a piedi, – hai il suo consenso?

Questi prese il suo atteggiamento di chierico, con una mano nell'altra, e abbassando gli occhi sfavillanti, rispose con voluta umiltà: – Lo spero.

– Vedremo, – disse lo zio, squadrandolo ancora una volta, e risedutosi sulla poltrona, colla nuca alla spalliera e gli occhi socchiusi, si sprofondò da capo nei suoi pensieri.

Don Celzani fu felice. La via, dunque, era interamente libera, e dopo quella visita la maestra doveva essere anche meglio disposta di prima. Egli contava di far avanti una domanda di prova, con le debite cautele, e poi la mossa suprema, quando la prima fosse stata bene accolta. Questa la poteva far dove si fosse. Cercò dunque l'occasione per le scale. Ma fu sfortunato. La Zibelli aveva rifatto con l'amica la sua centesima riconciliazione, provocata da una delle cause solite. Lo studente Ginoni, visto respinti i suoi assalti successivi dalla Pedani, in parte per far rappresaglia, in parte per certa grossa malizia di ragazzone, con la quale credeva di spremer l'amore dal dispetto, s'era messo a far delle piccole cortesie alla Zibelli: non una corte spiegata, ma una specie di «asineggiamento», semiserio, delle conversazioni amichevoli, qualche mazzetto, delle strette di mano espressive, quando la incontrava sola. E pur senza dar gran peso a quelle dimostrazioni, la Zibelli, non sospettandone il perchè, le gradiva come una carezza al suo amor proprio, una ricreazione, un pascolo piacevole dato alla sua fantasia. Per questo, ritornata in buona con la Pedani, ogni volta che sapeva di non incontrare il giovane, le si riaccompagnava uscendo e rientrando, come per l'addietro. Don Celzani fallì dunque per cagion sua varie appostature.

Una volta, mentre egli stava per cogliere la bella tutta sola, uscì di casa il professor Padalocchi e la fermò, per lagnarsi della solita difficoltà di respiro, e dirle che la rotazione delle braccia suggeritagli da lei lo affaticava troppo. Dopo aver un po' pensato, la maestra gli consigliò la lettura ad alta voce, dicendogli che l'acceleramento della respirazione in questo esercizio era calcolato in 1,26: badasse però di leggere con una cravatta larga: ne avrebbe risentito un vantaggio. Il segretario sperò che fosse finita; ma il terribile vecchio chiese degli schiarimenti sui movimenti di flessione della ginnastica Schreber, e allora egli rinunciò al suo proposito.

L'aveva un'altra volta quasi raggiunta, sola, a piè della scala, rientrando in casa, quand'eccoti dietro l'ingegner Ginoni, che rientrava pure. Dopo che don Celzani era ricascato nella sua passione, quegli aveva ripreso a far con lui la sua parte di protettore, tra benevolo e canzonatorio. Ma questa volta gli diede un dispiacere.

– Signorina Pedani, – disse con la maggior serietà, mettendo una mano sulla spalla al segretario, – le faccio la presentazione d'uno dei più assidui e valenti acrobatici della Palestra di Torino.

Don Celzani fremè, negò, arrossendo, acceso di dispetto; si sarebbe voluto nascondere, e augurò il malanno in cuor suo all'impertinente. Ma la maestra fece un'esclamazione di lieta maraviglia, guardandolo, come per cercare i cambiamenti che la ginnastica aveva prodotti nella sua persona. In quel momento, appunto, egli stava nel solito atteggiamento pretesco; ma a lei parve di vedergli un che di più vivo negli occhi.

Nondimeno, dubitò d'uno scherzo.

– Vede che non lo può negare due volte, – disse l'ingegnere. – Creda, signora maestra, che il fatto d'aver mandato *don Celzani* alla Palestra sarà la più maravigliosa delle sue prodezze!

Quel *don* ferì un'altra volta nel vivo il Celzani. Ma egli vide in viso della ragazza un sorriso così sincero di compiacenza, senz'ombra di canzonatura, che si racconsolò. Sì, il momento era giunto, egli avrebbe fatto bene a non tardare nemmen più d'un giorno. E la sera stessa, infatti, prima di notte, all'ora in cui sapeva che la Zibelli era fuori, preso il pretesto d'andar a vedere se s'era fatto un certo guasto nel tubo dell'acqua potabile, salì in casa della Pedani.

Sperava d'esser ricevuto nella sua camera. Essa lo ricevette invece nel salotto, in piedi. Vestiva la «blusa» da ginnastica, di rigatino turchino, che le disegnava mirabilmente le spalle, e una gonnella bianca, con una macchietta d'inchiostro sopra il ginocchio. Aveva per la prima volta l'aspetto un po' imbarazzato, ciò che stupì don Celzani; ma l'imbarazzo non derivava tanto dalla visita di lui, della quale indovinava lo scopo, quanto dalla certezza assoluta ch'ella aveva, come se la vedesse, che la donna di servizio, appostata dietro all'uscio, non avrebbe perduto una sillaba dei loro discorsi. Fu quindi costretta a esser breve e quasi dura nelle parole, cercando di temperare quella durezza coll'espressione del viso.

– Signorina, – disse piano don Celzani, tremando, dopo aver parlato ad alta voce del tubo, – ... vengo per volta a domandarle... se è sempre della stessa idea.

Essa lo guardò con aria benevola, diede un'occhiata all'uscio, e ripete, con leggero accento di rammarico, le sue stesse parole: – Sempre della stessa idea...

Don Celzani impallidì. E domandò più piano: – Ir...removibile?

La maestra tornò a guardar verso l'uscio, e chinando un poco il viso in atto di pietà, rispose: – Sì.

Il segretario si passò una mano sulla fronte e sbarrò gli occhi. Quella risposta l'aveva paralizzato: non trovava parole. Il silenzio si prolungava. Non si poteva restar così. La maestra, che neppure sapeva che cosa dire, fece un atto d'inquietudine, che egli notò.

– ... Allora, – disse, – me ne vado...

Essa non rispose. Egli si mosse, e quando fu vicino all'uscio, voltando indietro il viso stravolto, con un accento disperato che avrebbe fatto scoppiar dal ridere uno spettatore indifferente: – Dunque, – disse, – nel tubo dell'acqua potabile non c'è niente da fare!

Quel contrasto ridicolo tra la voce e la parola toccò nel cuore la ragazza più di qualunque supplicazione: ella fu tentata di dirgli qualche cosa per consolarlo. Ma la coscienza le vietò d'illuderlo, e disse soltanto, con un sorriso affettuoso e pietoso ch'egli non vide: – No, signor Celzani... non c'è nulla da fare.

Quegli rispose con un singhiozzo nella gola: – Tanti rispetti! – ed uscì.

E allora si disperò, perché allora l'amava con tutta l'anima, con un misto di sensualità ardente e di tenerezza infantile, avvivate continuamente dal pensiero di quell'abbraccio che l'aveva inebriato, dal ricordo dei loro colloqui familiari, di tante trepidazioni, di tante speranze, di tanti disinganni, che gli parevan la storia di metà della sua vita. E non sognò nemmeno di ribellarsi alla propria passione, come l'altra volta, perché sentiva che non era più possibile. No, a prezzo di qualunque tormento, doveva continuare a vederla, a parlarle, a strisciarle intorno come un cane, a mettersele tra i piedi a ogni passo, a sentire il suo profumo di gioventù e la sua voce profonda, a godere almeno della sua pietà, a torturarsi l'immaginazione, il cuore e la carne sotto i suoi occhi. E i tormenti s'inasprirono, ed egli se li cercò. Coll'avvicinarsi dell'estate, ella alleggerì ancora il suo abbigliamento, mettendo le sue forme in una evidenza che lo facea delirare. Egli risalì sul soppalco, a inginocchiarsi tra la polvere e le foglie secche, col viso all'abbaino, e la vista di lei, che dava allora le sue lezioni col busto scoperto, mostrando nude le larghe spalle e le braccia stupende, lo martoriava; e anche quando non la potea vedere, stava alle volte un'ora a sentir la sua voce, e quei comandi: – Prona, supina, palme in avanti, palme indietro, slancio simultaneo delle braccia – gli risonavan nell'anima come esclamazioni d'amore. Egli non dormiva più, la notte, per raccogliere tutti i rumori di sopra, al più lieve dei quali sussultava come se si fosse sentito i suoi piedini sul corpo. E s'affaticava il cervello, in quel dormiveglia febbrile, a immaginare astuzie e industrie temerarie per poterla vedere: dei buchi nel solaio, dei traforamenti di muri, delle combinazioni di specchi, dei nascondimenti impossibili. E al punto d'eccitamento a cui era arrivato, non si guardava più dai vicini per appostarla: usciva, entrava, risaliva a tutte l'ore, la seguitava per la strada, l'aspettava nel cortile, pigliava tutti i più futili pretesti per parlarle, le offriva ogni specie di strani servizi, in presenza di chi che sia, non più con l'aria d'un pretendente, ma d'uno schiavo, faticandola con uno sguardo fiammeggiante, ma umile, che non chiedeva amore, ma compassione, ripetendo come l'eco ogni sua parola, abbracciando in un solo sentimento di smisurata ammirazione la sua persona, il suo ingegno, la sua fama crescente, la più comune e più vuota delle sue frasi. E si frenava ancora in sua presenza; ma non più quand'era passata: si metteva allora una mano sulla bocca, guardandola di dietro, e soffocava a quel modo il grido dell'amore e del desiderio, che usciva in un sospiro lamentevole e sordo. E non osava quasi più, come altre volte, fermar l'immaginazione sulla felicità d'un possedimento intero, poiché, tolto appena l'ultimo velo al suo idolo vivo, gli si apriva alla mente un tale abisso luminoso di voluttà, ch'ei ne rifuggiva di volo per terrore della pazzia. E allora, per quietarsi, ricorreva ai pensieri dell'affetto, immaginava la casa nuova di sposo, disponeva i mobili, si rappresentava delle scene affettuose, vedeva una culla bianca... Ma la passione lo assaliva subito anche in quel rifugio: egli vedeva un'altra culla, dieci, venti, un popolo uscito dal suo amplesso, e non gli bastava ancora, e si tormentava ancora la fantasia su quella persona che gli rimaneva sempre davanti, fresca e potente, come l'immagine della giovinezza immortale e della voluttà eterna. E questo ardore cresceva di giorno in giorno nella familiarità amichevole ch'ella gli veniva rendendo, credendolo rassegnato al suo rifiuto. La giornata intera non gli bastava più a quella varia e vertiginosa successione di fantasticherie, di corse all'abbaino, di conversazioni di cinque minuti guadagnate con mezz'ora d'attesa, d'impeti improvvisi e solitari di tenerezza e d'angoscia, nei quali soffriva e godeva quasi di soffrire. La sua mente rifuggiva dal lavoro, la sua memoria s'offuscava per tutti i suoi affari, la sua vita si disordinava, la sua salute stessa s'andava alterando, il suo viso pigliava una espressione nuova, bizzarra, fanciullesca, spaurita, unita a quella d'una grande bontà ingenua ed attonita, come d'un uomo rapito nell'adorazione perpetua d'un fantasma fuggente nell'aria.

L'ingegner Ginoni, che seguitava con occhio curioso ed accorto questo *crescit eundo*, incontrata una mattina la maestra Pedani nel cortile, si fermò a cinque passi davanti a lei, e le fece scherzosamente un atto minaccioso con la canna. Poi s'avvicinò, e tradusse l'atto in parole:

– Ah! spietata signorina! Ma non sa lei che il povero don Celzani si va perdendo per cagion sua?

La maestra non capì.

– Ma positivamente, – continuò l'ingegnere, – egli va perdendo la cuccuma. – E disse quello che aveva inteso dal commendatore. Da un po' di tempo la segreteria non camminava più, l'amministrazione andava a rotta di collo, gl'inquilini dell'altra casa di Vanchiglia eran venuti a far il diavolo col padrone perchè non ricevevan più risposta ai loro richiami, il bravo segretario s'era fatto multare due volte per aver tardato a pagar le tasse di registro. – Ecco, – soggiunse, – a che cosa conduce la ginnastica! Ecco i funesti effetti dell'esercizio del sistema muscolare sulle funzioni del cervello! – Ancora tre giorni addietro il povero don Celzani s'era lasciato infinocchiare miseramente nella vendita di ottocento miriagrammi di fascine e di legna dei poderi dello zio, facendo uno sbaglio d'addizione che costava al commendatore centododici lire e settantacinque centesimi. Il commendatore gli aveva fatto un partaccione, era fuori dei gangheri. Se don Celzani gliene faceva ancor una, egli aveva deciso di dispensarlo *ipso fatto* dai suoi servizi, e di mandarlo a spasimare in casa d'un altro. E lei, *fredda di cor vulneratrice*, aveva il coraggio di rovinare in quella maniera un povero galantuomo!

La Pedani non sorrise: la cosa le rincresceva davvero. E lo disse, fissando gli occhi a terra, come assorta in un pensiero. – Mi rincresce. – Poi soggiunse: – Io non ci ho nessuna colpa, però.

– Questo è il male! – rispose l'ingegnere, ridendo. – Perchè, se ci avesse colpa, sarebbe obbligata a riparare. E allora... veda un po', quanti beni! Il segretario non perderebbe la testa, il commendatore non perderebbe il segretario. Povero segretario! Un cuor d'oro, in fondo, un uomo onesto, la miglior pasta di abatino fuorviato che Dio abbia messo in terra. Solamente ha la disgrazia di aspirare... alla perfezione delle linee, e la perfezione, si sa, non la raggiungono che i privilegiati. –

Qui diede in una risata. – Ah! Che prodigio! Dire che lei ha mandato don Celzani alla *cavallina!*

La maestra pensava.

– Basta, – soggiunse il Ginoni, – purché dal salto della *cavallina* non passi a quello del ponte di Po!

– Oh, signor ingegnere! – disse la Pedani con un sorriso; ma non senza inquietudine. – Il signor Celzani non è uomo da far queste cose.

– Eh, signorina, – rispose il Ginoni, – l'uomo anche più mite e più ragionevole del mondo, per sé stesso, è come dell'acqua in un bicchiere: che trabocchi o no, dipende dal grado di forza della polvere effervescente che ci mette dentro la passione.

Detto questo, la salutò, e quella s'avviò per le scale, pensierosa.

Ma uscì ben presto da quel pensiero, poiché la sua passione sovrana riceveva in quei giorni un alimento potentissimo dalle notizie che giungevano d'ora in ora delle grandi feste del Congresso ginnastico di Francoforte. Ogni giornale che gliene recava nuovi particolari, rinfiammava il suo entusiasmo. Essa vedeva l'arrivo delle rappresentanze alla città, ricevute dal borgomastro e da una folla immensa di cittadini; vedeva la gran processione trionfale di quattordicimila ginnasti d'ogni paese del mondo, giovanetti, uomini canuti, uomini sul fiore degli anni, sventolanti centinaia di stendardi, accompagnati da duemila cantanti delle società corali, che s'avanzavano per le vie coperte di bandiere, sotto gli archi trionfali, fra le case decorate di corone e di ghirlande, sotto una pioggia di fiori; vedeva la palestra smisurata, con la statua colossale della Germania, e gli attrezzi innumerevoli, e ventimila spettatori, plaudenti a miracoli di forza, di destrezza e d'ardire; si rappresentava la maschia figura del Meller, il vincitore del primo premio, che agitava la sua corona di quercia fra gli urrà frenetici d'un popolo; si raffigurava quell'esercito di gagliardi sparsi per la città antica, dove appariva ad ogni passo il ritratto di Jahn Turn Vater, mescolati fraternamente alla cittadinanza, affollati intorno ai ginnasiarchi più celebri, a scrittori, a dotti, a medici, a riformatori, ragionanti in venti lingue diverse di tutto ciò che essa amava e ammirava, inebriati tutti dall'idea rigeneratrice della razza umana, dal soffio di gioventù e di grandezza che spirava nell'aria come a un grande spettacolo antico di Corinto e di Delfo. Oh! Come tutto questo era bello e grande! Il pensiero di poter concorrere anche per poco, nel suo angusto campo, a preparare al proprio paese delle giornate simili diffondendo la fede negli effetti maravigliosi dell'educazione fisica ed eccitando altri a diffonderla come il verbo d'un'età nuova, le accendeva l'anima, le illuminava tutte le facoltà, le triplicava le forze al lavoro. In quei giorni appunto stava preparando un discorso a quel proposito da pronunciare al prossimo congresso nazionale degli insegnanti primari, che si doveva inaugurare a Torino, e avendo avuto ottimo successo una raccolta di vari articoli, pubblicata dal *Campo di Marte*, nei quali essa aveva caldeggiato l'istituzione *in ogni grande città d'un corpo di pompiere volontarie*, si apparecchiava a tenere una conferenza su quell'argomento nella sala della scuola Archimede. E intanto riceveva da molte parti incoraggiamenti, lettere di congratulazione, proposte e quesiti di filoginnici appassionati; e a tutti rispondeva. Certo, il più forte impulso a tutto questo lavoro glielo dava la ferma e calda persuasione di far del bene, che era viva in lei fin dalla prima giovinezza; ma col crescere della notorietà e del plauso pubblico, vi si cominciava a mescolare una compiacenza prima non conosciuta, un'idea d'ambizione ch'ella non voleva confessare a sè stessa, e con questa un altro senso nuovo, il turbamento che dà la prima coscienza della rinomanza, una certa amarezza di non saper in chi versare il soverchio della sua vitalità intellettuale e morale, il quale l'agitava, vinceva la forza nativa della sua tempra, e faceva che si sentisse più donna di quello che si fosse sentita mai. Per lei, che non aveva mai sognato d'uscire dalla più modesta oscurità, quel po' di rumore che si faceva in un angolo del mondo intorno al suo nome, era la gloria, e la gloria è solitudine. E quando sentiva questa solitudine, durante le interruzioni del suo lavoro, nei giorni in cui l'amica non le parlava, il suo pensiero andava qualche volta al povero don Celzani, non come a un amante, ma come a un amico, e allora ella stava per un momento con l'asticciuola della penna appoggiata al labbro di sotto, e con un leggero sorriso di benevolenza, rivolto alla sua immagine. Quegli l'amava, senza dubbio, ed essa capiva che la sua era una di quelle passioni che han materia da ardere per tutta la vita.

Soltanto...

Tenne la sua conferenza sulle pompiere volontarie. Aveva scelto male la serata; c'era poca gente, fra cui una trentina di signore e un gruppo di studenti; ma riportò fra quei pochi, per la singolarità del soggetto e per la vivezza originale dell'esposizione, un caloroso successo. Uno dei primi che le corsero a stringer la mano fu il giovane Ginoni, con tanto di faccia fresca, come se nulla fosse accaduto fra loro; anzi, con un sorriso scintillante in cui ella lesse con rammarico la risurrezione del suo capriccio. Infatti, al veder lei per la prima volta in pubblico, ammirata e applaudita, la sua passioncella aveva ripreso fuoco per la miccia della vanità. L'idea degli squisiti godimenti d'amor proprio che egli avrebbe assaporati, quando fosse riuscito a vincerla, ogni volta che l'avesse vista e udita a quel modo, gli diede come un solletico irresistibile. E, non conoscendola a fondo, si decise a una nuova mossa da giovanotto impetuoso e leggero, che crede nell'onnipotenza dell'assalto alla baionetta.

Il giorno dopo, all'ora in cui soleva uscir sola, egli l'aspettava sul pianerottolo del primo piano. Pioveva, la scala era buia; quindi propizia. Per aver un modo d'entratura, egli aveva comperato dal Berry un ritratto del Meller, il vincitore del primo premio di Francoforte, del quale, in pochi giorni, s'eran diffuse migliaia di fotografie in tutta l'Europa.

Quando la sentì discendere, salì verso di lei.

Essa era veramente bella quel giorno, ancora un po' eccitata dal piccolo trionfo della sera innanzi, tutta vestita di scuro, con un grande cappello nero che incoronava mirabilmente la sua forte e snella persona.

Il giovane si levò il cappello, e con allegra disinvoltura, mettendole davanti la fotografia:

– Signorina, – le disse, – mi permette di offrirle un ritratto che forse è curiosa di vedere?

Essa avvicinò il viso con diffidenza; ma, appena letto il nome, mise un'esclamazione di piacere:

– Meller!

E, preso il ritratto, si accostò al muro per vederlo meglio, sotto quel po' di luce che veniva dal finestrino della scala. Il giovane le si strinse al fianco, come per guardare egli pure, e sporgendo il mento sopra la spalla di lei, cominciò a dar delle spiegazioni a bassa voce, segnando con l'indice della mano destra: – Questo è un vero tipo tedesco. Guardi la struttura del cranio, guardi che bocca. Eppure, se non si sapesse, non si direbbe che è il primo ginnastico della Germania. Non pare piuttosto un pacifico professore di letteratura? Non mi vorrà mai dire una parola consolante? Sarà sempre così indifferente con me? Avrà sempre un cuore...

Il passaggio da una domanda all'altra era stato così naturale, che la maestra non v'aveva subito posto mente; ma lo avvertì bene e meglio sentendosi la guancia di lui contro la sua, e un braccio intorno alla vita.

Si svincolò con una brusca mossa, indignata, dicendo: – Signor Ginoni, questo è un agguato ignobile!

Il giovane si tirò indietro, per farle una risposta comica, ma la rattenne e si rabbuiò vedendo apparire in capo alla scala la faccia stravolta del segretario, il quale veniva giù lestamente, con un ritratto del Meller, lui pure! Nondimeno, egli non fu scontento di trovare una scappatoia alla sua brutta figura. – Che cosa fa lei qui? – domandò al segretario, che s'era fermato e lo fulminava con gli occhi. – Non vien mica a riscuotere la pigione?

Il segretario non seppe far di meglio che ripetere fremendo le parole della maestra: – È un ignobile agguato!

– Caspita! – riprese il giovane, mentre la maestra se n'andava lentamente, – È un'eco perfetta, salvo la trasposizione dell'aggettivo. Soltanto, badi, le parole dette da lei io le piglio in tutt'altro senso.

– E osa ancora?... – esclamò il segretario, quasi fuor di sè. – Se non fosse il rispetto che ho per il suo signor padre...

– Oh per carità! – interruppe lo studente. – In queste cose non c'entra nè il signor padre nè la signora madre. Son vent'anni che sono slattato. Qui non ci sono che due uomini... Ma... per non sciupare il fiato, mi dica: lei è uno di quei segretari che si battono?...

– Si! – rispose ad alta voce don Celzani, pigliando un'impostatura troppo tragica per l'occasione. – Sono uno di quelli che si battono.

– E allora basta così, – disse il giovane risoluto, – avrà l'onore di rivedermi. – E voltate le spalle, rientrò in casa sua.

Un'ora dopo l'ingegnere Ginoni, informato d'ogni cosa dalla Pedani, prendeva il cappello, seccato, e saliva le scale per andar dal segretario, col fine di prevenire ogni passo del suo figliuolo. In fondo, benché spiacentissimo dell'offesa fatta alla signorina, considerava la provocazione del giovane come una ragazzata; ma da uomo di mondo, che conosceva i riguardi dovuti all'amor proprio d'un giovanotto vivo, capace d'intestarsi a voler condurre a fondo la cosa, la voleva accomodare all'amichevole, non già ritrattando la provocazione in nome di lui, ma proponendo una conciliazione, per la quale si facesse un passo avanti dalle due parti.

Si presentò dunque al segretario, che trovò solo, coi modi cordiali d'un amico. Ma quegli, eccitato sempre dalla passione, eccitatissimo allora dalla gelosia, lo ricevette con un sussiego, di cui l'ingegnere durò fatica a non ridere.

Affabilmente, questi gli disse che era stato informato dalla maestra, e che era venuto per comporre la contesa da buoni amici. Deplorava l'atto del figliuolo, ma il duello sarebbe stato una pazzia, un'assurdità ridicola, di cui non c'era neppur da discorrere. Bisognava sopire la cosa immediatamente. – Andiamo, caro segretario, – disse, – la maestra Pedani è fuor di quistione; io posso fare, in nome di mio figlio, per quel che riguarda la signorina, le più ampie scuse, com'è di dovere. Ma per ciò che riguarda lei... non ci fu che un po' di vivacità dalle due parti. Lei non ha che a mostrare un po' di buon volere, e la cosa non avrà seguito alcuno, ne rispondo io.

Ma don Celzani non era più il don Celzani d'una volta. Stette su.

– Io sono stato offeso, – disse.

– Andiamo, – rispose l'ingegnere, – le parole più gravi che si sian pronunciate sono «ignobile agguato», e le ha dette lei. Chi ha più giudizio più ne metta. Lei ha quindici anni di più. Non è il caso di stare sui puntigli, che diavolo!

Ma il segretario l'aveva a morte per quel certo braccio

intorno alla vita. Questo era il punto, non la provocazione; per questo era di difficile accomodamento. – Pretende forse che io m'umilii? – domandò, rizzando la cresta.

– Ma di che umiliazioni mi va parlando! – esclamò l'ingegnere. – Non si tratta di questo. Si tratta di salvar l'amor proprio d'un giovanotto, che ha lanciato una provocazione: non la vuol capire! Si tratta di fare in maniera che non sia costretto a darci seguito. Non ha che da dire che le rincresce d'aver pronunciate quelle due parole, e le rispondo io che tutto è finito. Oh santo Iddio! Ma è per punto d'onore o per gelosia che è tanto duro?

Don Celzani rispose solennemente: – Per l'uno e per l'altro.

L'ingegnere lo guardò... e perdette la pazienza. – Non credevo, – disse, contenendosi a stento, – che l'amore le avesse vuotato il cervello a questo segno. Ma dunque lei cerca un duello?

Quegli alzò il capo, e rispose con tuono veramente eroico: – Non lo cerco, ma non lo temo.

– E allora le dirò che è matto nel mezzo della testa, – gridò l'ingegnere esasperato, – e che se le piglierà, saran sue!

E uscì sbattendo l'uscio con violenza.

Un'altra scena tragicomica seguiva poche ore dopo al piano di sopra, cagionata dal medesimo fatto. La Pedani essendo rientrata in casa, all'ora di mettersi a tavola, col viso un po' turbato, la sua amica, che era allora in buon accordo con lei, gliene domandò il perchè, amorevolmente. Poco tempo addietro, ella non avrebbe rifiatato; ma ora che cominciava a sentire il bisogno di aprir l'animo, raccontò per filo e per segno, senza un sospetto al mondo, quello che era accaduto, esprimendo la sua inquietudine per ciò che ne poteva seguire. Alle prime parole, la Zibelli ebbe un colpo al cuore:

dissimulò non di meno, e stette a sentir fino all'ultimo. Ma non potè rispondere una parola, tanto la rabbia la soffocava. Anche lo studente! Ma era nata per la sua dannazione quella malaugurata creatura! E chi sa da quanti mesi durava quell'amore, a cui da qualche settimana ella serviva di divagazione, e forse di stimolo! Non terminò di mangiare, disse che non si sentiva bene. Ma se non si sfogava, schiattava. E non si potendo sfogare, per dignità, su quell'argomento, ne cercò un altro, con impazienza febbrile. Finita in fretta la sua cena, la Pedani aperse sulla tavola ancora apparecchiata un atlante del Baumann, e prese ad esaminar le figure. La Zibelli passeggiava per la stanza, mordendosi le labbra. A un tratto, si fermò dietro alle spalle dell'amica, e dando un'occhiata ai disegni, esclamò:

– Che atteggiamenti da pagliacci, Dio mio!

Stuzzicata da quella parte, la Pedani si risentiva subito e sempre. Rispose: – Ma trovate una volta una critica nuova, se potete! Non fate che ripetere da anni e anni le stesse dieci parole!

– È perchè son sempre giuste, – ribatte la Zibelli. – E poi, fin che farete i sordi e starete sempre in adorazione del gran capo acrobata, come gli artisti pagati d'una compagnia!

Era un'impertinenza; ma la Pedani non pigliava mai nulla per sè, non vedeva che l'argomento contrario. – Gran capo acrobata! – esclamò, con un sorriso ironico. – Ha più buon senso e talento il Baumann in un dito mignolo di quel che n'abbian nel cervello tutti gli obermannisti passati, presenti e futuri. La quistione è giudicata.

– Ah non ancora! – rispose la Zibelli, facendo una spallata. – Il Baumann è un grande sconclusionato, che fa, disfà, senza aver nemmeno un'idea chiara e fissa del proprio metodo, e mette il mondo sossopra per far rumore. Non è altro!

– Il Baumann, – disse pacatamente la Pedani, – ha dato una ginnastica all'Italia, che non l'aveva.

– Come si può dir questo, – rispose la Zibelli, – mentre non ha fatto che esagerare tutto quello che c'era e voltare il modello in caricatura, che è la cosa più facile di questo mondo?

– Oh! è un'indegnità! – esclamò la Pedani. – E chi, fra l'altre cose, ha insegnato pel primo al vostro Obermann la ginnastica fra i banchi? E come potete parlare voi in nome dell'Obermann, che era progressista, che sarebbe baumannista ora, se vivesse, senza un dubbio al mondo, perchè aveva talento, mentre voi non siete nemmeno conservatori, e degenerate ancora da lui?

La Zibelli diventò livida, e smise di ragionare. – Ebbene, – rispose, – se anche fosse, tutto è preferibile all'andare avanti con voialtri, con la vostra ginnastica da Alcidi di piazza, pericolosa pei fanciulli, indecente per le ragazze, brutale e ciarlatanesca per tutti.

Quando l'amica dava in escandescenze, la Pedani ritornava padrona di sé.

– Ebbene, – rispose con trascuranza, – lasciate che ci rompiamo la testa noi, e tenetevi la vostra ginnastica da marmocchi. Non vi farete la bua e salverete il pudore.

Questo fece uscir la Zibelli dalla grazia di Dio.

– Non voglio esser derisa... per giunta! – gridò. – Sono stanca d'essere ingiuriata! È un pezzo... Oh! non ne posso più! non ne posso più!

E uscì sbatacchiando l'uscio con tutta la sua forza, e lasciando la Pedani col suo atlante davanti, più stupita che offesa. Ma anche più stanca che mai di tutti quei mutamenti, di tutte quelle sfuriate, di cui non sospettava che vagamente la cagione, ma che, diventando sempre più frequenti, le rendevano oramai insopportabile quella convivenza.

Tutto andò sempre più a traverso, in quei giorni, anche per don Celzani. Egli non vide i padrini dello studente, perchè l'ingegnere aveva rigorosamente proibito al figliuolo di dar corso alla cosa; ma, incontrando due giorni dopo la signora Ginoni, ch'era sempre stata gentile con lui, fino a fargli portar qualche volta a braccetto su per le scale la sua magrezza indolente, ebbe il dolore di non vedersi restituito il saluto. E sarebbe stato offeso anche di più dell'affronto se avesse saputo che quella brava signora non l'aveva diretto all'offensore del figliuolo, ma all'innamorato della maestra, come quello che intralciava al suo adorato Alfredo una conquista galante, sulla quale ella sarebbe stata lieta di chiudere i suoi occhi materni! Ebbe poi il colpo di grazia quello stesso giorno, ricevendo il medesimo affronto dall'ingegnere Ginoni, che gli passò accanto in via San Francesco, senza neppur voltarsi a guardarlo. Era dunque rotta ogni relazione con tutta la famiglia, e questo crebbe ancora lo stato d'eccitamento morboso della sua passione.

Ebbe altri dispiaceri il giorno di poi. Fra l'altre ragazze che salivano a prender lezioni private di ginnastica al terzo piano, v'era una specie di zingarella coi capelli corti, figliuola d'una venditrice di pomate e di saponette, e maestra di ginnastica essa pure, la quale andava dalla Pedani a farsi fare delle «combinazioni» di passi ritmici, che poi dava per sue; ed essendo molto appassionata per l'arte, e un po' stramba, faceva continui esperimenti, dovunque fosse, con le gonnelle alla mano, come se avesse il ballo di San Vito. Ora le signorine divote del primo piano, avendola sorpresa due volte sul pianerottolo, mentre dava dei saggi a calze scoperte a un'altra allieva della Pedani, scandalizzate e furiose, mandarono a chiamare il segretario perchè impedisse quelle indecenze, e gli dissero che «non si sapeva più che cosa, per causa della Pedani, fosse diventata la casa». Il segretario, punto nel suo amore, e già mal disposto, rispose con male parole, quelle lo rimpolpettarono, egli alzò la voce, e allora lo misero all'uscio, minacciando di ricorrere al padrone, e ordinandogli di non salutarle mai più. Gli seguì anche di peggio nei giorni seguenti. Il professor Padalocchi lo incaricò di andar a pregare in nome suo il maestro Fassi, che a una cert'ora cessasse di far saltare e giocar coi manubri la sua figliuolanza, perché lo disturbavano nei suoi studi di lingua. Il segretario, già irritato, non fece l'ambasciata coi riguardi dovuti, e si lasciò sfuggire la parola *baccano*. Il maestro andò su tutte le furie. Chiamar baccano degli esperimenti scientifici, le preparazioni pratiche e ragionate ch'egli faceva delle proprie lezioni, torturandosi il cervello per il bene dell'umanità, gli pareva il *non plus ultra* dell'audacia, e, spalleggiato dalla moglie, rimbeccò il segretario in tutte le regole, alludendo con impertinenza alla Pedani; poi lo mise all'uscio, minacciandolo, e s'andò a lagnare col professore; il quale, accusando don Celzani d'aver adempito male l'incarico e compromesso un professore con un marrano, lo redarguì, si offese delle sue risposte e non lo guardò più in faccia.

Era dunque in rotta con tutti, oramai, su quella scala. Ma c'era di più. Delle sue distrazioni e della sua irritabilità avevano motivo di lagnarsi da un pezzo anche gl'inquilini dell'altra parte della casa; e poiché la notizia del suo innamoramento, causa di quella gran mutazione, s'era diffusa, tutti parlavano alto e basso di lui, senza riguardi. Insomma, l'ostinatezza di quel pretucolo fallito a voler una ragazza che non lo voleva, pareva una petulante pretensione, un indizio d'orgoglio ridicolo, o d'imbecillimento addirittura. E non gli facevan neppur l'onore di chiamarlo amore il suo: doveva essere una brutta passionaccia di seminarista invecchiato, e gli si leggeva negli occhi; raccontavano anzi di tentativi brutali ch'egli aveva fatto con la signorina su per le scale, gli davan del porco, lo guardavan per traverso; poi cominciarono a fargli dei piccoli sgarbi, a cui egli rispose con altri sgarbi; lo inasprirono fino al punto che diventò egli stesso provocatore. Allora vari inquilini si lagnarono per lettera al commendatore, alcuni di essi accennando all'amore scandaloso, alla persecuzione sfacciata che faceva alla maestra, a scene che seguivan per le scale e sotto il portone, tali, che le madri di famiglia non potevan più uscire con le loro ragazze, senza correr rischio di doversi coprire il viso col ventaglio. Fecero tanto, fra tutti, che un giorno il commendatore perdette finalmente la pazienza, e decise di far al nipote l'ultima intimazione, quando fosse rientrato pel desinare. Non avrebbe non di meno usato le parole più gravi perchè era disposto al buon umore da una letterina della Pedani, che lo invitava per due giorni dopo a un saggio ginnastico delle *Figlie dei militari*, nel quale si riprometteva di far delle osservazioni profonde. Ma s'indispettì al veder comparire il segretario colla fronte fasciata, pallido e impolverato. Gli domandò che cosa aveva. Egli lo disse. Alla Palestra (dove continuava a andare, anche dopo persa ogni speranza, per domare i suoi nervi) essendosi lanciato (per disperazione) a un esercizio troppo ardito sulla trave d'equilibrio, gli era fallito un piede, ed era caduto giù, picchiando del capo in una delle travi di sostegno. Il commendatore s'irritò anche di quello, che chiamò una pagliacciata. Poi gli disse fuor dei denti, con una severità che non aveva mai mostrata con lui, che era stanco della sua negligenza, della sua vita disordinata e indecorosa, e delle lagnanze che gliene venivan da ogni parte, e che lo scandalo doveva avere una fine, e che se nello spazio d'una settimana non avesse visto radicalmente mutata la sua condotta, egli l'avrebbe cacciato fuori di casa. Aveva già messo gli occhi sopra un altro.

Detto questo, e avvisatolo che voleva desinar solo, lo piantò.

E allora egli cadde nell'ultima disperazione, la quale non lasciò più che un dubbio nella sua mente sconvolta: se dovesse partir per Genova e imbarcarsi per l'America, o rimanere a Torino e profondere il suo piccolo patrimonio in bagordi e pazzie, per istupidirsi e dimenticare. In ogni modo, se ne doveva andar subito da quella casa, dove la vita non era più tollerabile. In silenzio, apparecchiò le sue robe fino a notte inoltrata. Poi si buttò vestito sul letto. Ma non potè dormire. Acceso dalla febbre, tese l'orecchio per l'ultima volta ai rumori usati. E quella notte i rumori furon continui. Il tanto aspettato Congresso dei maestri s'era aperto da una settimana: il giorno dopo era appunto quello fissato per la discussione del quesito della ginnastica, sul quale la Pedani doveva pronunciare il suo discorso: essa era agitata, scendeva da letto a ogni poco, vi risaliva, tornava a scendere, girava per la camera. Egli sentiva i suoi piedi nudi. E fu quella per lui una tortura dei sensi atrocissima; ma sopraffatta da un grande sentimento di tenerezza, da un rammarico profondo di dover abbandonar per sempre quella camera, di non aver a udir mai più quei rumori familiari al suo orecchio, che egli amava oramai, perché gli ricordavano tante notti insonni, tanti desideri, tante fantasie, tante tristezze, e che non avrebbe mai più dimenticato, n'era certo. Riandò nella mente il passato, si levò ritto sul letto per sentir meglio i suoi passi e i suoi sospiri, la invocò, le parlò, pianse, si morse i pugni, passò una notte di condannato a morte. All'alba si levò stanco e sbattuto: la ferita al capo gli doleva. Stette incerto tutta la mattina se dovesse accomiatarsi da lei con una lettera o andare in persona. Decise d'andare in persona. E al tocco e mezzo salì le scale.

La maestra era sola in casa, e un po' triste. Dopo la scenata che aveva fatto per lo studente, la Zibelli le rendeva la vita amara con una nuova stranezza: pareva che volesse sfogare la sua passione sulla tavola: voleva spendere e spandere in ghiottonerie, metteva le spese di cucina per una via, sulla quale non si poteva andare avanti; e pure mangiando con l'avidità d'uno struzzo, si lagnava d'ogni cosa, attaccava liti indiavolate per una salsa andata a male, per il pane troppo cotto, per la carne troppo dura, per l'aceto senza gusto. La Pedani non ne poteva veramente più. Quel serpente le aveva avvelenato anche quella mattinata, nella quale avrebbe avuto tanto bisogno di serenità di spirito, per prepararsi al suo discorso. Morsa, oltre che dall'altra, anche dalla gelosia del suo prossimo trionfo, la Zibelli non aveva potuto resistere al supplizio di vederla fino all'ultimo momento, e dopo averle fatto una delle scene solite, sferzando la sua ambizione e presagendole un fiasco, se n'era andata senza desinare. La Pedani stava nel salottino, dando l'ultima passata al suo manoscritto, già abbigliata per il Congresso, che cominciava alle due e mezzo. Aveva un vestito nero senza guarnizioni, che la stringeva come una maglia, e la faceva parer più bianca di carne e più alta di statura; e l'agitazione dell'animo dava al suo viso una espressione di sensitività, che non aveva mostrata mai. Era sola, e non ostante l'aspettazione dell'ora desiderata e il bel sole che le empiva d'oro la stanza, era malinconica.

Alcune amiche che la dovevan venire a prendere per farle animo, non eran venute. Quella solitudine le pesava: ella non aveva mai tanto desiderato la compagnia. Fece dunque un atto quasi d'allegrezza quando le fu annunziato il segretario.

Questi entrò col cappello in mano, notò il vestito nero e mise un sospiro. Con quella fronte bendata, pallido, avvilito, triste come una cassa da morto, era veramente una figura da far compassione.

Non si volle sedere.

La maestra gli domandò subito che cos'avesse al capo.

– Caduto alla Palestra, – rispose. E soggiunse che veniva a salutarla per l'ultima volta.

La Pedani credette che partisse, come ogni anno, per la campagna. E gli domandò: – Non viene neppure al Congresso?

Il segretario, che aveva visto il biglietto d'invito dallo zio, se n'era dimenticato. Ebbene, sì, sarebbe andato prima al Congresso, l'avrebbe vista ancora una volta nella piena luce della sua bellezza e del suo trionfo, e sarebbe partito poi, con quell'ultima immagine davanti agli occhi. Ma non disse questo; la ringraziò soltanto del biglietto ch'essa gli porse.

– Parto... – disse poi, con voce commossa. – Son venuto a salutarla.... per sempre.

La maestra lo guardò, e capì ogni cosa. Ma non trovò parola da dirgli. Infatti, che gli poteva dire? Ella sentiva che qualunque più lieve esortazione a rimanere sarebbe stata una lusinga, quasi una promessa, e la sua schietta natura non le consentiva di farla, perché non l'avrebbe potuta fare che con la determinata intenzione di mantenerla. Scansò i suoi occhi, guardò verso la finestra, imbarazzata. Poi, vedendo che teneva lo sguardo basso, tornò a guardar lui, meditando. Essa sapeva tutto e tutto le tornò alla mente in quel punto.

L'aveva trovato in quella casa assestato, operoso, tranquillo, buono, benvoluto da tutti. Egli aveva cominciato a perder la pace per lei. E tutto era derivato di lì. La maestra Zibelli s'era inimicata per la prima con lui, il maestro Fassi l'aveva preso in odio, i Ginoni gli avevan voltate le spalle, lo studente lo voleva sfidare, il professor Padalocchi non lo salutava più, le signorine del primo piano l'avevan messo alla porta, tutti gl'inquilini gli avevan dichiarato guerra, il commendatore lo voleva cacciar di casa, l'aveva cacciato forse, ed egli se n'andava solo e ramingo. E quanto doveva aver sospirato prima ch'ella se ne avvedesse, e poi sofferto dei disinganni e delle umiliazioni, e quanto la doveva amare per ostinarsi a quel modo, dopo tanti rifiuti di lei, e a dispetto di tutti, e con tanto danno proprio! E infine, per lei, s'era rotto la testa. E guardò la sua fasciatura. E, come avviene sovente, fu ciò che v'era di comico in quel povero capo fasciato, e nell'immagine che le si presentò di lui ruzzolante giù dalle travi d'equilibrio, quello che diede l'ultima mossa alla sua pietà, e la spinse per la prima volta fino a un sentimento di tenerezza. Ma il povero don Celzani, che non le leggeva nell'animo, non vide che il sorriso che esprimeva il penultimo dei suoi pensieri, e lo credette una canzonatura. E quello fu il suo colpo di morte.

– Ah! – esclamò con accento d'angoscia disperata, alzando gli occhi e allargando le braccia, – questo poi non dovrebbe... Lei mi fa troppa pena in questo momento!

– Oh, signor Celzani, che cosa crede? – domandò con slancio la maestra, balzando verso di lui.

Ma una musica di voci allegre risonò in quel punto nell'anticamera, e un drappello di maestre vestite in gala e ridenti irruppero nel salotto, e dato appena uno sguardo al segretario, s'affollarono intorno alla Pedani, facendo un coro di saluti e d'esclamazioni. Erano le compagne che venivano a prenderla per condurla al Congresso, erano la sua passione, il mondo, la gloria, che gliela strappavano che gli rapivano anche la consolazione dell'ultimo addio.

Don Celzani diede ancora un ultimo sguardo d'adorazione, pura in quel momento, a quella bella creatura a cui non avrebbe parlato mai più, e ribevendosi le lacrime, uscì, non veduto.

Il Congresso sedeva nel Palazzo Carignano, nell'aula ancora intatta dell'antico Parlamento subalpino. V'erano forse quel giorno più di trecento congressisti, tra maestre e maestri, sparsi senz'ordine sugli scanni rivestiti di velluto, pochi dei quali eran vuoti. Uno spettacolo nuovo offriva quel salone illustre dove era risonata la voce dei più grandi campioni della rivoluzione d'Italia nei momenti più terribili e più gloriosi della nostra storia, occupato ora da una folla d'insegnanti elementari, che rappresentavano anche nell'aspetto e nei panni tutti i ceti sociali. Eppure non si prestava allo scherzo il raffronto, poiché faceva pensare che il Parlamento italiano si trovava allora molto lontano, in una città dove pochi anni prima sarebbe parso un sogno a chi sedeva là, ch'ei si potesse trovare pochi anni dopo. Sopra quegli scanni dove i torinesi avevan visto biancheggiar delle canizie venerande e dei crani spelati di legislatori, si rizzavano da tutte le parti penne e fiori di cappellini di maestre, disposte in file o in gruppi, da cui s'alzava un cinguettio di nidi di passere. Al posto di Garibaldi sedeva un vecchio maestro di campagna col gozzo. Sullo scanno del conte Cavour si dondolava un giovanotto imberbe, con un garofano all'occhiello. La presidenza era tenuta da un grosso maestro prete, napoletano. Si riconosceva a primo aspetto, dalla varietà dei visi, che quello non era un congresso regionale, ma formato di maestri d'ogni provincia d'Italia; fra i quali predominavan le capigliature e le carnagioni brune delle terre meridionali. Sui banchi alti c'era un gran numero di signorine variamente vestite: maestre patentate, ma senza impiego, intervenute come spettatrici, per curiosità, molte con dei fogli davanti e con la penna in mano per pigliar degli appunti, e in mezzo a loro dei ragazzi e delle ragazzine, loro fratelli e sorelle. Due alti uscieri col panciotto giallo e le calze bianche giravano per l'aula. Le tribune erano affollate d'altri insegnanti e di parenti dei congressisti, e si vedevano nelle prime file alcune delle più illustri autorità ginnastiche di Torino, dei professori, dei medici, dei rappresentanti di giornali. Non c'era ancora stata una adunanza così piena, né un'agitazione così viva.

Quando don Celzani entrò nell'antica tribuna pubblica la seduta era già aperta da quasi un'ora. Appena seduto, egli cercò la Pedani. Non la trovò subito. Vide invece la Zibelli in uno dei banchi più bassi, di faccia alla presidenza, in mezzo ad altre due maestre, ch'egli non conosceva, e risalendo con lo sguardo su pei banchi di dietro, trovò il profilo caporalesco del maestro Fassi, che aveva intorno un grosso drappello di maestri di ginnastica di Torino; quasi tutti visi d'antichi militari, fra i quali riconobbe la testa bionda del maestro della Generala. Ma, dov'era lei? Dopo aver cercato un altro po' alla ventura, la ritrovò finalmente, riscotendosi tutto, in uno dei banchi più alti di destra dove avevan seduto i Massari, i Boggio, i Lanza, la più fedele pattuglia del grande ministro. Era in un posto vicino al finestrone, in mezzo allo stuolo vivace delle maestre ch'eran venute a prenderla a casa, e che le facevano intorno come una scorta d'onore. La luce del sole che entrava pel finestrone accendeva tutta la parte destra del suo corpo serrato nel vestito nero. Aveva delle carte davanti, discorreva con le vicine, pareva un po' agitata. Il segretario pose un pugno sull'altro sopra il parapetto, appoggiò il mento sui pugni, e rimase immobile così, guardandola, confortato da un'ultima speranza: che una volta sola, alzando gli occhi verso quella parte, ella avesse incontrato il suo sguardo. Sarebbe stato l'ultimo addio. Poi tutto sarebbe finito. Di nessun'altra cosa si curava. Come, entrando, non aveva nemmen guardato quell'aula storica che non aveva mai vista, così non sentì neppure una parola dei discorsi che allora vi risonavano.

La discussione s'aggirava ancora intorno al tema che era già stato trattato il giorno avanti: sull'opportunità d'introdurre nelle scuole gli esercizi di lavoro manuale. Aveva parlato prima, con grande dolcezza, una maestrina veneta, facendo vedere un modo trovato da lei d'insegnare a far dei canestrini con nastri di carta, e un saggio dell'opera sua andava girando di mano in mano per i banchi, dove le maestre si provavano a rifare il lavoro. Poi aveva parlato un maestro calabrese, con una voce cantante e lamentosa, mostrando una grossa cesta piena di lavori fatti nella sua scuola, fra i quali c'era anche un paio di scarpe. Dopo di lui, avendo parlato alcuni oratori dissenzienti, la discussione s'era accalorata e inasprita. Una bella maestra, che faceva da segretario, dovette rileggere una parte del verbale dell'altra seduta. V'era in un banco dell'estrema sinistra una schiera di giovani maestri lombardi arditi e battaglieri, che il presidente, con tutta la sua pazienza sacerdotale, non riusciva a racquetare. Due maestri, dalle parti opposte dell'aula, si scambiarono delle parole acri. In somma, una gran parte del tempo se n'andava in quistioni di prammatica parlamentare, gli oratori sentivano l'influsso dell'aura politica della sala, parlavano con troppa enfasi, mostravan un amor proprio eccitabile. Don Celzani fu un momento distratto da una grossa voce che gridò solennemente: – I rappresentanti di Milano non hanno alcun mandato imperativo. – Poi lo riscosse di nuovo una salva d'applausi fatta in onore d'una maestra, la quale, con voce di soprano, aveva detto che se si fosse adottato il lavoro manuale nelle scuole, sarebbe stato giusto un aumento proporzionato di stipendio. Poi seguì un nuovo arruffio. Infine un maestro piccolo e grasso, con poche parole lucide e piene di buon senso, rimise la pace, e il presidente potè porre ai voti un ordine del giorno, per alzata di mano. Duecento braccia s'alzarono, fra cui si videro moltissimi guanti di donna, abbottonati fino al gomito; un applauso seguì la votazione, e si passò all'altro tema che eran le *Modificazioni da proporsi nell'insegnamento della ginnastica*.

L'annunzio del tema fece dare uno scossone a don Celzani, che credeva che la Pedani parlasse subito. E nel volger gli occhi da quella parte, egli vide comparir nella tribuna in faccia alla sua, proprio sul capo della maestra, il viso ridente dell'ingegner Ginoni.

Ma la sua aspettazione fu delusa. Altri parlarono prima, maestri e maestre. La discussione, da principio, s'aggirò con molto disordine sul lato tecnico dell'argomento, al qual proposito si sfoggiò una fraseologia tecnologica, di cui i profani non capirono nulla, e si sentì il cozzo delle due scuole, e i nomi del Baumann e dell'Obermann proferiti in mezzo a un grande tumulto, dominato per un momento da una voce cavernosa che gridò: – Torino che fu la culla della ginnastica, ne sarà la tomba! – Un maestro richiamò l'attenzione del Congresso sulla opportunità di riformare il linguaggio non abbastanza italiano del regolamento di ginnastica, esponendo il parere che si proponessero certi quesiti all'Accademia della Crusca. Don Celzani credeva che il maestro Fassi avrebbe parlato; e infatti egli s'agitava, approvava e disapprovava violentemente, gridando: – No! – Mai! – Questa è grossa! – Un po' di buon senso! – ma non domandò la parola. Un maestro di ginnastica dimostrò la necessità di migliorare le condizioni dei suoi colleghi, ch'erano pagati dal Governo, ma senz'aver alcuno dei diritti degli altri impiegati, che si trovavano in uno stato precario, sottoposti all'arbitrio dei presidi di liceo e di ginnasio, i quali aprivano il corso in ritardo, non li ammettevano, come sarebbe stato giusto, nelle Commissioni per le esenzioni, concesse quasi sempre a capriccio, e non li spalleggiavano nella disciplina. Quindi la discussione s'imbrogliò e s'infiammò da capo in una controversia di metodo, nella quale si udirono accenti di tutte le parti d'Italia. Il segretario cominciava a temere che la Pedani non avrebbe più parlato, e si preparava con grande amarezza a rinunciare a quell'ultima voluttà di sentir la sua voce, di vedere applaudito e onorato il suo idolo, di portar via la propria disperazione quasi dorata dal raggio di quella gloria. Ogni nuovo maestro che parlava, gli premeva che finisse, gli pareva che prolungasse apposta il suo supplizio, ed egli ne contava le parole fremendo. Finalmente, dopo un breve discorso d'una maestra toscana che si fece applaudire citando a nostra vergogna il piccolo Belgio, dove si offrivan venticinquemila lire di premio all'autore d'un buon libro sulla ginnastica, il presidente disse ad alta voce: – La parola è alla signora Maria Pedani.

Don Celzani scattò, come se lo avesse avvolto una fiamma.

Corse prima un sordo mormorio, poi si fece un grande silenzio, il quale significava che la maestra era conosciuta per fama, e il discorso, aspettato: tutti i visi si voltarono verso di lei.

Al primo vederla in piedi, eretta con tutto il busto sopra il banco, alta e possente, col bel viso ovale pallido, ma risoluto, s'intese un nuovo mormorio, come un commento favorevole alla sua persona, il quale subito cessò. Un secondo senso di stupore destarono le prime note della sua voce bella e strana, quasi virile, ma armoniosa, che corrispondeva perfettamente al corpo poderoso e svelto. Essa cominciò col dire che nessun miglioramento si sarebbe conseguito sia nell'attuazione della ginnastica che nella condizione degl'insegnanti, se al Governo, ai municipi, a tutte le autorità non si fosse fatta sentire, come in altri paesi, la forza imperiosa della voce della nazione, profondamente persuasa dei benefizi di quell'insegnamento e fermamente risoluta a volerli. Il primo debito di tutti, e in particolar modo degli insegnanti, era dunque di far propaganda di quell'idea, d'inculcarla nella ragione, nella coscienza, nel cuore del popolo di tutte le classi. Essa parlava lentamente da prima, corrugando la fronte in segno d'impazienza quando la parola non le veniva, e facendo un atto dispettoso quando s'imbrogliava in un periodo, come per lacerare la rete che l'avvolgeva, ed esprimere il suo pensiero a ogni costo.

– Anche per la ginnastica, – proseguì dicendo, – l'Italia aveva fatto come per tant'altre cose, come, per esempio, per l'istruzione militare delle scolaresche: c'era stato da principio un grande entusiasmo, dal quale, a poco a poco, s'era caduti nella più vergognosa trascuranza, fino a gettare il ridicolo sull'idea e sui suoi devoti. Ma alla ginnastica accadeva di peggio. Era sorto contro di questa e s'andava ingrossando un esercito di nemici, dei quali le autorità scolastiche subivan la forza, per modo che l'insegnamento tendeva a diventare una vana mostra, una miserabile impostura, anzi un'aperta irrisione. L'ignoranza, una vile paura di pericoli immaginari, l'infingardaggine nazionale, la perfidia di certe genti interessate, che giungevano con inaudita sfacciataggine fino a addebitare alla ginnastica le infermità e i difetti organici della gioventù che essa aveva per istituto di correggere, congiuravano insieme. E sarebbe stata una cosa incredibile se non si fosse veduta ogni giorno. – Nemici della ginnastica, – disse, – sono dei colti professori, acciaccosi a quarant'anni come ottuagenari, appunto per aver troppo affaticato il sistema cerebrale a danno dei muscoli. Nemiche della ginnastica son delle madri di fanciulle senza carne e senza sangue, future madri anche esse d'una prole infelice, per non aver mai esercitato le forze del corpo. Nemici della ginnastica, dei padri di giovinetti che, per l'eccesso delle fatiche della mente, cadono in consunzione, contraggono malattie cerebrali terribili, si abbandonano all'ipocondria e meditano il suicidio! Nemici e derisori della ginnastica a mille a mille, mentre la crescente facilità della locomozione e i raddoppiati comodi della vita già tendono a renderci inerti e fiacchi; mentre la rincrudita lotta per l'esistenza richiede a tutti ogni giorno un maggior dispendio di forza e di salute; nemici della ginnastica mentre siamo una generazione misera, sfibrata e guasta, che fa rigurgitar gli ospedali e gli ospizi di deformità e di dolori! Quale cecità! Quale insensatezza! Quale vergogna!

Le ultime parole furono accolte da uno scoppio di applausi. La Pedani prese animo, e incominciò a fare un confronto del discredito e della frivolezza della ginnastica in Italia con l'onore in cui era tenuta presso altre nazioni. Qui commise l'errore di diffondersi un po' troppo in citazioni statistiche, e qua e là si manifestò un principio di opposizione. Due o tre gruppi di maestre si misero a bisbigliare tra loro per distrarre l'uditorio. Don Celzani sentì il maestro Fassi, che non guardava mai l'oratrice, esclamar due o tre volte con dispetto: – È fuori dell'argomento! – Son cose che si sanno! – Una volta esclamò forte: – Bella novità! – tanto che molti si voltarono. Ma la Pedani uscì in tempo dal mal passo, accennando alle recenti feste di Francoforte con un periodo veramente felice, in cui l'uditorio vide per un momento davanti a sé la grande palestra riboccante del fiore della gioventù germanica, e sentì come la vampa di quel gagliardo entusiasmo passar sopra il suo capo. La maestra s'accendeva nel viso, spiegava la voce con una sonorità potente, tagliava l'aria col gesto, senza smodare, col vigore d'una sacerdotessa ispirata. E si sentiva tutta l'anima sua in quella sincera eloquenza, s'indovinava tutta la sua vita consacrata a un'idea, una gioventù che era come una lunga adolescenza severa, affrancata dai sensi, repugnante a ogni specie di affettazione sentimentale o scolastica, semplice di costumi e di modi, purificata e fortificata da un esercizio continuo delle forze fisiche, del quale erano effetto manifesto la sua salute fiorente, la mente limpida e l'anima retta ed ardita. E quando con l'ultimo tratto ella fece passare nell'aula la figura del vecchio Augusto Ravenstein, fondatore della prima palestra del suo popolo, seguito dal corteo dei grandi ginnasiarchi tedeschi, benefattori di milioni di fanciulli e benemeriti della potenza e della gloria della Germania, scoppiò un'altra acclamazione fragorosa, che scosse lei e tutta l'assemblea, e la interruppe per un po' di tempo; durante il quale le sue compagne le si strinsero intorno afferrandole i panni e le mani, e affollandola di rallegramenti.

E allora essa corse fino alla fine, con crescente fortuna. Ritornando sull'argomento fondamentale del suo discorso, insistette sulla necessità che tutti gl'insegnanti s'adoprassero a persuadere le famiglie altrettanto che ad ammaestrare gli alunni. Alle maestre più che ad altri spettava quell'ufficio, perché, esercitata dalle donne, avrebbe avuto maggior efficacia la propaganda in favore d'una disciplina in cui esse non potevano eccellere, e che rimoveva il sospetto dell'ambizione.

– Rivolgiamoci alle madri, – disse, – facciamo loro vedere, toccar con mano gli effetti meravigliosi della educazione fisica, che sono evidenti e infallibili come i resultati d'una scienza esatta; persuadiamo loro che la ginnastica è la forza e la salute, e che salute e forza sono serenità, bontà, coraggio e grandezza d'animo! E se non bastano il ragionamento e l'esempio, preghiamole, leviamo loro di mano, con amorosa violenza, i fanciulli e le fanciulle deboli ed esangui, supplichiamole perché ce li lascino salvare dalle malattie, dalla infelicità, dalla morte. Oh! se potessimo trasfondere in tutte l'indomabile ardore che è in noi! E prima d'ogni cosa, abbiamo fede in noi stessi, una fede ardente e invincibile che la nostra idea sarà un giorno l'idea di tutti, e che un nuovo sistema d'educazione rifarà il mondo, Sì, io lo credo come credo nell'esistenza del sole che ci illumina. Una nuova educazione, fondata sopra un esercizio perfezionato delle forze fisiche dell'infanzia e della gioventù, preverrà innumerevoli miserie, risparmierà all'umanità innumerevoli dolori, falcerà mille vizi alla radice, agevolerà alle generazioni che saranno più buone perché più forti, e più giuste perché più buone, la soluzione dei grandi problemi attorno a cui s'affannano inutilmente ora le nostre menti malate e le nostre forze esaurite. Io credo, o colleghi, in questa umanità nuova, che innalzerà ai grandi apostoli della ginnastica delle colonne di bronzo; ci credo, la vedo, la saluto, l'adoro, e vorrei che tutti considerassero come la più santa gloria umana quella di vivere e di morire per essa!

A quella chiusa si scatenò una tempesta; tutti balzarono in piedi, battendo le mani e gridando; la Pedani, pallida e trafelata, si dovette alzar tre volte per ringraziare. Le ultime parole erano state dette veramente con vigore d'entusiasmo apostolico e avevano scosso le fibre di tutti. Quando l'acclamazione pareva finita, ricominciò; tutti i filoginnici dell'assemblea e delle tribune erano in visibilio. Due o tre oratori che sorsero dopo di lei non furono quasi più intesi. Quando la seduta fu chiusa, scoppiò un nuovo applauso, e la Pedani discese dal suo banco fra due ali di visi sorridenti e di mani tese, in mezzo a un gridio assordante di congratulazioni e di evviva.

L'immagine d'una creatura umana che godesse l'ultima ora d'ebbrezza sulla soglia d'un palazzo incantato, prima d'esser precipitata per un trabocchetto in carcere eterna, basta a mala pena a dare un'idea dello stato d'animo in cui il povero segretario aveva udito quel discorso e quegli applausi, e visto accendersi a poco a poco e quasi grandeggiare la figura della maestra.

Quando ella ebbe finito, egli si guardò intorno, come se si riavesse da un sogno, e sentì tutto a un tratto una così violenta stretta di tristezza e di pietà per se stesso, che dovette fare uno sforzo per trattenere il pianto. In quel punto si sentì chiamare da una voce conosciuta:

– Signor Celzani! – e voltatosi, vide le mille rughe sorridenti del cavalier Pruzzi, ancora tutto vibrante d'entusiasmo, sotto la sua parrucca messa di sbieco. – Ha sentito, eh, – gli disse questi, sporgendo innanzi la pancia tonda, – che maestre abbiamo a Torino? Non si può dire che il Municipio spenda male i suoi denari! – E fosse per puro effetto d'entusiasmo, o c'entrasse anche il pentimento delle reticenze meditate, con le quali, in quell'occasione memorabile, aveva tenuto sulle corde il segretario e gettato un velo misterioso sulla ragazza, fatto è che vuotò il sacco delle lodi, trattenendo per il bavero don Celzani, che voleva uscire. Non era informato che da poco tempo, – diceva, – del passato della maestra Pedani. Essa aveva un lungo ordine di benemerenze. Aveva reso un servigio al provveditor degli studi di Milano, resistendo intrepidamente alla popolazione d'un villaggio che non la voleva perchè gliel'avevan mandata d'ufficio, e, costretta ad andarsene, v'era ritornata con la scorta di una compagnia di bersaglieri, e v'era rimasta, partita questa, con fermezza ammirabile. S'era fatta onore nell'estizione di un incendio, nel comune di Camina. Aveva, nello stesso comune, salvato un ragazzo da un torrente, guadagnandosi la menzione onorevole del valor civile. – Che gliene pare? – disse in fine, dopo ripreso il fiato. – Ora ha fatto onore a Torino, perdiana, in faccia a tutta l'Italia. Abbiamo dei fastidi, è vero, abbiamo delle grandi responsabilità; ma, qualche volta almeno, si è ricompensati! – E soggiunse, rivolto verso l'aula già quasi vuota: – Ma brava, ma brava, ma brava.

Ma il segretario non gli badò quasi, e lo lasciò subito. Discese le scale mezzo rintontito. Nell'atrio trovò una folla in cerchio, e indovinando che c'era nel mezzo la Pedani, s'avvicinò. Era lei, in fatti, circondata e festeggiata; egli riconobbe le penne verdi del suo cappellino.

Mentre s'alzava in punta di piedi per vedere il suo viso, sentì dietro alle spalle la voce del maestro Fassi, e, voltandosi, lo vide che declamava in un crocchio, col viso livido, torcendosi rabbiosamente i lunghi baffi. – In conclusione, – diceva, – non ha fatto altro che battere la campagna. Grandi citazioni, grande rettorica; ma in materia di scienza? – E l'accusava di plagio.

– Vada per le idee, – gridava; – ma le frasi, ma le parole m'ha portato via, senza degnarsi di pronunciare il mio nome; ma vi dico le parole una per una, come se le avesse stenografate. Accidenti, che disinvoltura! Fidatevi un po' delle conversazioni familiari. Ora si farà strada di sicuro. Sentirete che chiasso quei cretini di giornalisti! Oh che bel mondo di ciarlatani!

La Pedani, intanto, stentava ad aprirsi il passo. Quando la folla degli ammiratori si fu un po' diradata, l'ingegnere Ginoni si fece avanti con impeto, e le disse, stringendole le mani: – Sublime! M'ha quasi convertito, non le dico altro! – Poi s'avanzò per complimentarla, strascicando i piedi, il professor Padalocchi. Poi venne il direttore. Non finivan più. Finalmente non le rimasero intorno che una ventina di maestre, mentre molti altri la guardavano di lontano; e allora, non visto, il segretario la poté vedere. Non gli era parsa mai così bella, così, risplendente, così superba! Pareva che tutto il suo corpo vibrasse dentro a quel semplice e succinto vestito nero, come se le corresse un fremito continuo da capo a piedi; il rossore le era tornato, quel bel rossore delicato e diffuso che succede alla pallidezza delle grandi commozioni gradevoli, e che è come il pudore gioioso della gloria; il suo viso aveva un'espressione di gentile bontà femminea, che il Celzani non le aveva mai veduta, e che dava ai suoi occhi e alla sua bocca e a tutta la sua persona una nuova forza di seduzione. Ed egli la guardò, estatico, preso da un sentimento strano e doloroso, come se fosse già lontanissima da lui, di là da un immenso fiume, sul culmine d'una collina, dietro alla quale dovesse sparire per sempre.

Quando ella si mosse col suo drappello di maestre, il segretario si nascose dietro un pilastro. E di lì vide una scena inaspettata. Mentre la Pedani stava per metter piede fuor del portone, le comparve davanti la maestra Zibelli e le gittò le braccia al collo piangendo, e la baciò più volte con ardore. Don Celzani non udì le sue parole, ma comprese così per nebbia che era stata vinta, e che veniva, mossa da un impulso del cuore, a render le armi, e a chieder perdono di qualche cosa. La Pedani l'abbracciò e quella s'allontanò subito, voltandosi a mandarle un saluto appassionato con la mano.

La Pedani uscì sulla strada, ed egli la seguitò, a molta distanza.

Andava innanzi lentamente, preceduta, fiancheggiata, seguita da uno stuolo di maestre giovani, i satelliti consueti dei trionfatori, che le facevano intorno un cicaleccio festoso, avvertendola di scansar le carrozze e lanciando occhiate qua e là, come per attirar su di lei l'attenzione dei passanti. Tratto tratto una di esse s'accomiatava, un'altra sopraggiungeva e s'univa al gruppo. Svoltarono in via Santa Teresa, e tirarono avanti, a destra; il povero Celzani sempre dietro.

Sì, la voleva vedere fin che avesse potuto: poi sarebbe andato a prender la sua roba e partito da Torino. Per dove? Non sapeva. Per Genova, forse, per imbarcarsi. Dio l'avrebbe guidato. Purché andasse lontano, a soffocare la sua passione in una dura vita di lavoro, a dimenticare, se fosse stato possibile, o, se non altro, a soffrir meno. Poiché, veramente, alla disperata vita cui era ridotto non gli bastavan più le forze dell'anima. E dopo quel trionfo, egli si sentiva più miseramente, e per così dire, più bassamente infelice che non fosse stato mai, poiché non aveva sentito per l'addietro che la differenza esteriore ch'era fra lei e lui; ma la riconosceva ora troppo superiore a sè anche per lo spirito: ella non aveva soltanto innalzato sé stessa alla gloria, aveva precipitato lui nella polvere. La vedeva tra pochi anni celebre, cercata da tutti, amata, sposata forse da un uomo bello, illustre e potente. Gli pareva allora un'insensatezza ridicola quella di aver osato di chiederle la mano, d'importunarla, d'inginocchiarsi davanti a lei e d'abbracciarle i ginocchi. E questo ricordo appunto, la sensazione che gli si ridestava di quell'abbraccio gli bruciava il sangue e il cervello. E intanto la divorava con gli occhi, di lontano. Ora una carrozza, ora un gruppo di gente gliela nascondeva, e poi essa riappariva, e gli riappariva ogni volta più grande, più formosa, più trionfante, per fargli entrar più addentro nel cuore lacerato la punta della disperazione.

Le amiche l'accompagnarono fino al portone. Egli si arrestò all'angolo di via San Francesco. Di là aspettava di vederla sparire per sempre, come in un abisso.

Ma quando vide le amiche lasciarla e lei entrare in casa, una risoluzione improvvisa lo spinse, un bisogno irrefrenabile di dirle addio ancora una volta. Fece la strada di corsa, entrò nel cortile, si mise dietro a un pilastro, e la vide avviarsi verso la porta interna e salire a passi lenti, voltandosi ogni tanto a guardare indietro, come se le paresse d'avere smarrito qualche cosa o rimpiangesse la compagnia che l'aveva lasciata, e sentisse ripugnanza, dopo quel trionfo clamoroso fra tanta gente, a ritornare in casa così sola per quella scala nera e solitaria.

Le andò dietro in punta di piedi, adagio adagio. Quando fu al secondo pianerottolo, non poté più reggere, si slanciò su, la raggiunse. Essa si voltò, si trovaron di fronte l'una all'altro nel buio, lei sopra uno scalino più alto.

– Il signor Celzani? – domandò la maestra.

Egli ruppe in un singhiozzo, e mormorò: – Son venuto a dirle addio!

Ma non aveva finito di dirlo, che si sentì una mano vigorosa sulla nuca e due labbra infocate sulla bocca, e nella gioia delirante che lo invase in quell'immenso paradiso oscuro dove si sentì sollevato come da un turbine, non poté cacciar fuori che un grido strozzato:

– Oh!... Dio grande!

APPENDICE

IL PROFESSOR PADALOCCHI

Appena arrivato a Torino, il signor Ernesto Parletti, impiegato regio, trentanovenne e scapolo, andò a far visita al cavaliere professor Padalocchi, suo vicino di casa d'altri tempi, ch'egli non aveva più visto da sette anni. Non vi sarebbe andato, forse, se avesse saputo che nel giro di quel settennio, per effetto di una lenta malattia di fegato, il professore s'era venuto inferocendo a segno nella sua antica passione di linguaio, da costringere anche i suoi ultimi e più pazienti amici a voltargli le spalle. In fatti, di raccoglitore amoroso di fiori e di gemme della lingua, di purista severo e un po' litigioso, ma, per la bontà dell'indole, sopportabile, e qualche volta ameno, quale il Parletti l'aveva conosciuto, egli s'era ridotto a poco a poco un semplice chiappino di vocaboli e di modi errati, uno spazzaturaio di francesismi, un pedante accattabrighe senza discrezione e senza riguardi, col quale non c'era più verso di ragionare; e già si diceva che battesse la strada del manicomio. Ma l'impiegato, credendo di ritrovarlo come l'aveva lasciato, gli si presentò con la cordialità e col rispetto antico.

Lo trovò affondato nella sua vecchia poltrona, ingiallito e risecchito; ma con gli occhietti ancora luccicanti, e con una voce piena e viva, ch'era segno di buono stomaco e di vigor di nervi. Egli si mostrò lieto della visita, fece sedere il visitatore davanti al suo tavolino, ch'era coperto, come sempre, di vocabolari, di grammatiche e di lessici logori e postillati, e rinsaccandosi nella veste da camera, gli domandò benevolmente: – O come sta il nostro caro signor Parletti? come sta? come sta?

L'impiegato tentennò il capo.

– Quanto a salute, – rispose, – non troppo bene, da qualche mese...

Il professore l'interruppe, sorridendo. – Mi dispiace davvero, – disse; – ma... mi scusi. Dicendo *non troppo bene* ella non dice punto di star male: dice di non star bene eccessivamente.

L'impiegato rise, ricordandosi della consuetudine che aveva il professore di fargli ogni tanto un sermoncino filologico. Ed esclamò bonariamente: – Ah! Il signor professore è sempre quello, sempre con la proprietà della lingua. E ha ragione. Dunque, sto poco bene... Ma è cosa di nulla. L'aria di Torino mi rimetterà presto. Del rimanente... non mi lagno. Lei forse lo saprà: son stato tre anni a Foggia, due anni a Parma; poi fui promosso segretario e traslocato...

– Trasferito – disse il professore.

– Trasferito a Firenze, dove passai tre anni veramente fortunati. Lei sa che ho pochi bisogni. A Firenze la vita è facile. Con trecento lire al mese...

– *Il* mese.

L'impiegato lo guardò, incerto s'egli facesse sul serio o per chiasso. Poi riprese: – Avevo trecento lire il mese, delle attribuzioni più confacenti ai miei mezzi, dei buoni superiori. Insomma, ero nel mio centro, salvo il desiderio di tornar qui, che ebbi sempre. Aggiunga che, per una felice combinazione, trovai là sotto-segretario il Degiorgi, che lei ha conosciuto in casa mia, un giovane distinto e simpatico, in cui avevo una fiducia illimitata, e che in una certa circostanza critica mi diede una di quelle prove d'amicizia, che si ricordano per tutta la vita. Basta. Mi hanno rimandato a Torino, e ora sono completamente soddisfatto. E lei, signor cavaliere?

Il cavaliere tacque qualche momento. Poi disse con accento affabile: – Mi gode l'animo della sua buona fortuna, glie l'assicuro. Ma... poichè ho affetto per lei e la stimo, consenta ch'io le faccia un'osservazione, che per me è un dovere d'amicizia. Io vorrei, mi perdoni, ch'ella parlasse con maggior proprietà e con un po' più di correttezza la propria lingua, da quell'uomo colto e da quel buon italiano ch'ella è; cosa che non le costerebbe se non un leggerissimo sforzo. Non si rammenta i miei consigli di sette anni addietro? Io mi ricordo, per grazia d'esempio, d'averle notato un giorno che *mezzi*, senz'altro, nel significato di facoltà intellettuali, non è voce propria. Poi: *essere nel suo centro* non è buon modo italiano; *combinazione* per *caso* non regge. E anche *distinto*, nel senso di egregio, ragguardevole, sarebbe da riprendere. Lascio correre il *simpatico*, del quale oggi si abusa. Ma "fiducia *illimitata*" per *piena* o *intera*, *circostanza critica* per *congiuntura difficile* son francesismi scussi. E perchè dice ella "*completamente* soddisfatto" che è modo affettato e senza garbo, invece di *compiutamente* o *perfettamente*, eh?

L'impiegato rise da capo, ma un po' di mala voglia, perchè, in fondo, senza pretenderla a linguista, s'era sempre creduto, se non altro, un buon orecchiante, e anni prima aveva scritto in un giornale di Parma certe *rassegne cittadine*, delle quali era stato detto che avevano "buon sapore d'italianità". Rispose non di meno con buona maniera: – Lei ha mille ragioni, cavaliere. Ma veda, io, nella mia qualità d'impiegato contabile...

– Computista, – osservò il professore.

– Come lei vuole, – disse il Parletti; – nella mia qualità

d'impiegato computista, non ho nè l'obbligo nè la pretesa di parlare come un accademico della Crusca: una volta che mi son fatto intendere, ho raggiunto il mio scopo.

– No, mi scusi, – ribattè con vivacità il professore, – non basta. Basta per il volgo rozzo o per i faccendieri sciamannati, che nulla hanno a cuore, fuor dal danaro; ma non basta per un buon cittadino e un bravo ufficiale dello Stato com'ella è. Intanto, noti, *pretesa* è un brutto smozzicone della parola *pretensione*. *Una volta* che mi faccio intendere, è francese serio serio. *Raggiunger* lo scopo non è modo usato dai buoni parlanti. Lo scopo s'ottiene, si consegue, non si *raggiunge*. Dica liberamente, se ha esempi o ragioni da oppormi: discuteremo.

– Non ho nulla da opporre, – rispose il Parletti, un po' piccato. – Non ho che a pregarla di compatire la pochezza della mia coltura.

– L'*insufficienza*, vuol dire. Ma non è il caso. Appunto perchè la tengo in conto di persona colta io le faccio queste osservazioni, delle quali ella più che altri mai è in grado di trarre giovamento; e gliele faccio da amico.

– E io non lo prendo in cattivo senso.

– *In cattiva parte*, dica. Non ne dubito, perchè la conosco. Ella pure conosce me. Io non posso nè vincere nè nasconder l'animo mio. Per me, veda, la lingua è tutto. Dove non è lingua, non è nazione; dove la lingua è corrotta, son corrotti i pensieri e i costumi, e la civiltà stessa è bacata, se ancora si può dire che essa sia. Ora, in tal condizione è l'Italia. Il perchè io credo che il combattere in difesa della purità della nostra favella sia il primo dover civile d'ogni onest'uomo, e stimo che l'adoperarsi a ricacciare di là dall'Alpi una parola barbara sia opera altrettanto meritoria, più meritoria che il respingere con l'archibugio alla mano un soldato invasore. E avrebbe a essere una guerra di tutti, veda, una guerra senza tregua, a parole e per iscritto, per via di precetto e d'esempio, contro nemici ed amici, e fin coi più stretti congiunti, a costo anche delle più care amicizie, e della pace domestica, e della salute. Questa è la mia fede, e mi farei squartare per essa. Per me, mi scusi, chi contamina la lingua è un traditore della patria.

– Ne convengo, – rispose l'impiegato con un sorriso ironico.

– È il francese *j'en conviens*, badi bene.

– Eh! andiamo! – esclamò il Parletti, alzandosi impazientito. Ma si contenne, e si rimise a seder subito, con l'idea di dare pacatamente al cavaliere una brava lezione, in lingua inappuntabile, chiamando a raccolta tutte le sue frasi più castigate.

– Signor professore, – disse, – abbia la bontà di ascoltarmi cinque minuti.

E poi che vide il Padalocchi in atto di prestargli attenzione, cominciò: – Io non ho bisogno di dire che mi vanto d'essere italiano, e che nutro il massimo rispetto per la lingua nazionale: chiunque, che abbia cuor di patriotta, lo nutre. Le dirò anzi che un tempo sono stato anch'io appassionato per lo studio della lingua, quanto era compatibile con l'impiego che coprivo, il quale non mi consentiva d'approfondire alcuna materia estranea all'amministrazione. Le dirò di più che, durante la mia residenza a Firenze, avendo fatto relazione col cavaliere Fanfani, che in fatto di lingua è una sommità, e avendo l'onore di avvicinarlo soventi, lo consultavo, e lo stavo a sentire con grande interessamento, e posso dire ch'egli ha contribuito moltissimo a darmi quella modesta istruzione letteraria che mi lusingo d'avere: tanto è che non scrivo come un barbaro, e che quel poco di prosa dei miei resoconti d'ufficio mi valse diverse volte le felicitazioni del mio direttore capo; il quale, tra parentesi, senz'essere un letterato di mestiere, scrive alla perfezione.

Qui riprese fiato, rallegrandosi del silenzio del professore, come di segno ch'ei non trovasse nulla a ridire. Poi continuò:

– Come vede, tengo la lingua italiana nel debito conto. Ma non posso lasciar di dire che il farne l'assunto il più importante della vita, come fanno certuni, e il sollevar questioni di parole a ogni passo, mi pare che sia un andare all'eccesso, e quasi a dire una mania, una tirannia, che paralizza il pensiero, e che, oltre al mortificare e al mettere nell'imbarazzo la gente, finisce per ispirare odio per la lingua, invece che amore, e, mi perdoni, converte la conversazione in un incubo detestabile, in una schiavitù, passi la parola, rivoltante. Scusi la mia franchezza, cavaliere. Ella è d'ingegno e d'animo troppo elevato per aversi a male che le si parli francamente.

E qui tacque, maravigliato della eloquenza e della eleganza della sua tirata, e prese un atteggiamento di vincitore.

Il professore che era stato a sentire col capo basso, menando la matita alla lesta sopra un taccuino stretto fra le ginocchia, udite le ultime parole si morse lo labbra, e parve sul punto di metter fuori una grossa impertinenza. Ma, la tenne dentro, e disse invece con pacatezza forzata, lanciando al Parletti uno sguardo feroce al di sopra degli occhiali: – Sa ella, signor mio, tra gallicismi, neologismi, improprietà, locuzioni errate, quanti spropositi, grandi e piccoli, ha snocciolati in quattro minuti?

– Come! – esclamò l'impiegato.

– Quarantasette! – disse il professore.

Il Parletti saltò su per pigliar l'uscio; ma una curiosità stizzosa lo rattenne.

– Signorsì, – riprese il Padalocchi, mostrando il taccuino, – e son qui a provarglielo. Apra bene i buchi degli orecchi.

Come ha incominciato? *Non ho bisogno di dire* è un pessimo traslato francese: si dice; *non occorre ch'io dica*. Ella ha detto che *nutre rispetto* per la lingua nazionale; *nutrire* un sentimento è una improprietà matricolata. Ha detto *chiunque* scambio *d'ognuno*, che è errore. Ha detto per buon cittadino *patriotta*, che non è voce di buona lega. Poi: *l'impiego che coprivo* è una frasaccia da pigliar con le molle, e non si approfondisce uno studio come si *approfondisce* una buca. Andiamo innanzi. I modi *aver l'onore, aver la bontà* di fare una cosa senton di francioso di qui a Piazza Castello. Nella frase è *una sommità in fatto di lingua* v'hanno due pecche; *una sommità*, che, riferito ad uomo, è un astratto ridicolo, e il modo *tra fatto di*, che tutti i purgati scrittori riprovano. Avanti. Ha detto *residenza* in vece di *dimora*, *relazione* in luogo di *conoscenza*, *soventi* in iscambio di *sovente*, che è un solecismo deplorabile. Ha detto *interessamento* che è una parolaccia mostruosa, *diversi* per *alquanti*, che è un granciporro, *resoconto*, che non è altro che uno sguaiato gallicismo capovolto. E non siamo che a mezzo cammino, badi bene. *Appassionato allo studio* è una delle solite metaforacce transalpine, che fanno stomaco. *Contribuire all'istruzione*, invece di giovare o cooperare, è una locuzione anche peggiore. *Compatibile*, nel senso in cui l'ha usato lei, è orribile. Poi ha buttato giù un fascio di sgangherati francesismi dicendo *avvicinare* una persona, *lusingarsi*, andavo *all'eccesso*, *paralizzare* il pensiero, il *massimo* rispetto, *direttore capo* (en chef), scrivere *alla perfezione*... Che altro c'è? *Sollevare quistioni!* È una frase bollata da tutti i linguisti. *Non lascerò di dire*, per *ometterò*, è un modo sgarbato. È una leziosaggine il *quasi a dire*. È una stranezza *mortificare* per *confondere*. È una sgrammaticatura "l'assunto *il* più importante". È una sgrammaticatura anche più sformata il *finire per* invece di *finire con*. E non basta. È un'improprietà marchiana l'accoppiare il sostantivo *odio* e il verbo *ispirare*, che s'ha a dir soltanto dei sentimenti degni. Ed è un modo falsissimo il dire mi *valsero delle lodi* in luogo di *mi fruttarono*. Ed è un odioso costrutto francese "lei è d'animo *troppo* elevato *per*" invece di "*troppo* elevato *da*". E infine *elevato* per *nobile*, *manìa* per *smania*, *felicitazioni* per *congratulazioni*, *detestabile* per *abbominevole*, e quel *rivoltante* appiccicato a *schiavitù*, e' son tutta robaccia d'oltremonte da buttare tra la spazzatura turandosi il naso con la pezzuola. E tralascio il resto. Ahi! serva Italia! E tenga a mente che si pronuncia *ìncubo*, non *incùbo*.

Il Parletti restò avvilito.

Ma alla vista del sorriso di trionfo con cui il professore gli domandò: – Ebbene, che ha da dire? – fu ripreso dal dispetto, e, mandata giù la saliva amara, rispose seccamente: – Anzi tutto, mi permetto di farle osservare...

– Tre errori – interruppe il Padalocchi; – si dice *prima di tutto, mi faccio lecito di osservarle*, non di farle osservare.

A questo punto, finalmente, il Parletti perdette gli ultimi resti della pazienza.

– Eh! mi faccia il santo favore di finirla! – gridò, pigliando il cappello. – Io non sono soverchiamente suscettibile; ma il troppo stroppia, alla fin delle fini. E le dirò, signor cavaliere, che i pedanti hanno fatto il loro tempo, e che la sua mi pare una pedanteria sconveniente, se lei parla sul serio, e uno scherzo di cattivissimo genere, se fa per celia.

Il professore si levò in piedi, e rispose lentamente, in tuono di disprezzo:

– Pedanti furon sempre chiamati dai barattieri della lingua i custodi della sua purità e i vendicatori del suo onor vilipeso. Mi glorio d'essere un pedante, signor Parletti. Del resto... *suscettibile* per *permaloso* e "i pedanti *hanno fatto il loro tempo*" sono due dei più sconci e fetenti francesismi che appestino le bocche italiane.

– Se li tenga dunque, – rispose il Parletti andando verso l'uscio – che saranno al loro posto nella collezione di un pedante marcio!

– Signor Parletti! –gridò il Padalocchi infiammandosi. – Ella dimentica con chi parla!

– L'ha dimenticato lei prima di me, – rispose l'altro. – Ha dimenticato che chi veniva a farle visita non era uno scolaretto di grammatica, ma un funzionario dello Stato!

– Un'altra pestilenziale parola! – urlò il professore. – Ebbene, no, non l'ho dimenticato. E le dirò che è l'odio che ho contro la sua classe quello che m'ha fatto uscire dei termini, se pur ne sono uscito; onesto odio, onde m'onoro, e che durerà in me fino alla morte. Poichè siete voi con le vostre scempiate voci e petulanti sgrammaticature segretariesche, voi, dicasterica peste, con le vostre evasioni, controemarginazioni, regolarizzazioni, e infiniti scerpelloni d'acciabattoni, voi e la vostra cognata iniqua progenie dei curiali e dei gazzettieri, quelli che trascinate all'ultimo esterminio la lingua, e l'Italia con essa!

– Basta così! – rispose il Parletti- – Ora lei non offende soltanto l'ospite; lei intacca l'onore dell'impiegato!

– *Intacca l'onore!* – esclamò il Padalocchi, con un sorriso di sarcasmo.

– La prevengo che non tollero una parola di più!

– La *prevengo!*

– Esigo una soddisfazione!

– *Esigere* una soddisfazione!

– Ah! questo è troppo! – gridò allora l'impiegalo. – Mi son frenato finora in omaggio alla sua età...

– *In omaggio!*

– Saccentone insolente! Ci voglion dunque le vie di fatto...

– *Voies de fait!* – gridò il cavaliere, mettendosi in parata. – In casa mia?...

E mentre il Parletti, furibondo, afferrato un giunco da battere i panni, cercava d'avvicinarseli per darglielo sul muso, quegli, di dietro al tavolino, prese a tirargli addosso quanto si trovava a mano, accompagnando i proiettili con parole d'ingiuria e con affannose chiamate alla serva.

– To', infrancesato mariuolo! Adelaide! Piglia su, camarlingo dei barbarismi! Adelaide! A te, vile profanatore dell'idioma gentil... – e gli tirò lo strofinaccio, – sonante... – e gli lanciò il campanello, – e puro...! – e gli scaraventò il calamaio. – *Adelaide!*

Ma nel far l'ultimo tiro o nel punto che l'altro stava per rifilargli un colpo di giunco, trattandolo di "linguaiuolo screanzato" il professore mise un piede in falso e stramazzò sull'impiantito, battendo forte la guancia, sopra la gamba d'uno sgabello rovesciato.

La serva sopraggiunse gridando, il Parletti buttò via il giunco ed accorse; fra tutti o due lo rialzarono e l'adagiarono sulla poltrona: aveva la guancia enfiata, null'altro. Gli fecero allungar le gambe sopra una seggiola, e appoggiare il capo sulla spalliera. La serva che, al primo accorrere, aveva gridato: – Ai ladri! – si rassicurò, vedendo la premura inquieta con cui l'impiegato interrogava il suo padrone.

– Signor cavaliere! – disse il Parletti con aria contrita. – Perdoni se, in un accesso di collera, ho mancato: sono spiacente dell'accaduto: mi valga di scusa il dolore che ne provo.

All'udir le parole *accesso di collera*, il professore, che aveva ancora gli occhi chiusi, si scosse; alla frase *spiacente dell'accaduto* aperse gli occhi; al *dolore che provo* lanciò al Parletti *un* occhiata severa.

Poi accennò che non serbava rancore.

– Me lo dimostri – disse l'impiegato – dandomi una stretta di mano.

– No! – sospirò il Padalocchi. – *Stretta di mano* non è un bel modo. Lo riprende perfino il Fanfani, che gabella tutto... Ma, via, nel parlar familiare... glielo passo.

E porse la mano.

Il Parletti se n'andò timidamente, o quando fu sull'uscio, voltatosi indietro, disse ancora: – Le rinnovo le mie scuse. – Ed uscì.

– Ancora questa! – mormorò il professore, ansando e distendendosi sulle gambe una coperta che gli porgeva la serva. – Le *rinnovo* le mie scuse! È la frecciata del Parto.

– Ah! signor cavaliere, lei è troppo buono! – esclamò la donna, premendogli sulla guancia un pannolino immollato. – Lei dovrebbe sporger querela contro quel mascalzone!

– No, – rispose con voce stanca il Padalocchi, accomodandosi per dormire. – È bello combattere e cadere per la lingua, come per la patria.

Poi mormorò: – In ogni caso, non *sporgerei* querela, la *moverei*. Va, ostrogota.

E quando fu solo: – Ostrogoti tutti! – esclamò. – La barbarie ci affoga. È finita.

E soggiunse con un fil di voce, addormentandosi:

– Non c'è più lingua italiana.

www.ingramcontent.com/pod-product-compliance
Lightning Source LLC
LaVergne TN
LVHW030344070526
838199LV00067B/6435